おおかみ騎《き》士《し》とたれみみ従《じゅう》者《しゃ》
～うさぎの国《くに》の幸《しあわ》せ魔《ま》法《ほう》～

茜《さい》花《か》らら
ILLUSTRATION：カゼキショウ

おおかみ騎士とたれみみ従者
～うさぎの国の幸せ魔法～

LYNX ROMANCE

CONTENTS

おおかみ騎士とたれみみ従者
～うさぎの国の幸せ魔法～

むかしむかし、あるところにうさぎの国がありました。

うさぎたちは長い耳を持ち、軽くて俊敏《しゅんびん》に動ける身体能力に優れ、温厚でやさしい民です。

うさぎたちの暮らす深い深い森には他にもたくさんの民が暮らしていました。それはうさぎたちよりずっと大きくて、獰猛《どうもう》な獣たちなどです。

力の弱いうさぎは、おそろしい獣たちに「魔法」で対抗していました。

だけど、ある時から——うさぎたちには魔法を使えない子供ばかり生まれるようになりました。

魔法が使えないうさぎは、森の中ではかっこうの餌食《えじき》です。

そこでうさぎたちは「人間」に相談をしました。

人間は大きな耳や嗅覚に優れた鼻、牙《きば》や爪などがなく、うさぎと同じくらい弱い民族でしたが、そのぶん知恵がありました。

人間たちは他の獣たちからの侵略を、持ち前の頭脳で防いでいました。それはうさぎにとっての魔法のようなものでした。

しかし人間は多くの子供を産むことに向いていません。人間は少数民族だったのです。

うさぎは魔法の力を失ったことに、人間は自分たちの民族が少ないことに悩んでいました。

そこで、うさぎたちは人間たちにこう持ちかけました。

お互い助け合って、一つの国を築きましょう。
人間たちは一も二もなくうさぎたちの申し出を受け入れました。

「――そうしてできたのが、このクローヴァ王国です」

草原を吹く暖かい風がリトの持っている歴史書のページを撫《な》でていく。

足を投げ出して座ったクレイデルは神妙な顔をして小さく肯《うなず》いた。

「それって、どれくらいむかしのこと？」

「今から五百年ほど前です」

風で乱れたクレイデルの金色の髪をリトが掌《てのひら》でそっと押さえるように直すと、幼い王子はくすぐったそうに首を竦《すく》める。

「五百年ってどれくらい？　ちち上が生まれたころくらい？」

「陛下はそんなにおじいさんではありませんよ。そうですねぇ……陛下のおじい様のおじい様が生まれた頃くらいのお話でしょうか」

リトの言葉にクレイデルは真剣な顔で指折り数えるものの、結局はこてんと首を傾《かし》げて、わかったようなわからないような顔で視線を上げた。まるで救いを求めるような困惑しきった顔で。

「……うーんと昔、ということです」

その小さな頭を撫でると、クレイデルはふーんと呟《つぶや》いてリトに身をすり寄せてきた。

「クレイデル王子？　寒いですか？」

肩に手を回して、マントの下の体温を確かめる。

暖かくなってきたとはいえ、風が吹き抜ける草原で長居すべきではなかっただろうか。リトは膝《ひざ》の上に開いていた歴史書を閉じて、城に戻ろうかと提案しかけた。

王子が、その膝の上に飛び乗ってくるまで。

「ううん、だいじょうぶ」

いたずらっぽい笑い声をあげた王子が、リトの体に抱きついてくる。

まだまだ小さいと思っていたけれど、昔のように勢いよく抱きつかれると思わず体勢を崩してしまいそうになってリトは咄嗟《とっさ》に後ろ手をついた。

「王子、危ないですよ」

「えへへ、ごめんなさい」

謝りはするけれど、悪びれた様子はない。

まあリトが後ろにひっくり返ってしまったところで王子が痛い思いをするわけでもないのだから――と笑って済ませてしまうリトは教育係として失格かもしれない。

しかし、クレイデル王子のこの可愛《かわい》さの前では仕方がない。

「人げんはうさぎがたすけて～っていわなかったら、いなくなってた？」

抱きつくことで暖を取っているのかとばかり思っていたクレイデルがぽつりと尋ねると、リトはハッとして胸に埋《うず》められた小さな体を見下ろした。

金色の髪の間から、丸く小さな耳が覗《のぞ》いている。毛で覆われていない、人間の耳だ。

「……いいえ。人間は聡明な方ばかりです。きっとその知恵で他の国を撃退できたでしょう。むしろ、今うさぎたちが平和に暮らしていけるのは人間のおかげです」

クローヴァ王国の王族、貴族は人間たちで占められている。

うさぎたちと共生することになっても大きく種《しゅ》を増やすことは叶《かな》わないものの、この国の中枢を担《にな》っているのは主に人間たちだ。

うさぎは人間たちが導く指針に合わせて国を動かし、守っている。

クローヴァ王国が建国されて五百年余り、うさぎと人間の間で諍《いさか》いが起こったことは一度もない。助け合わなければならない脅威は他にいくらでもある。

「リト」

クレイデルの小さな耳に柔らかな髪をかけるように撫でてあげようとした矢先、不意に顔を上げられてリトは思わず耳を震わせた。

こういうところが、一族の中でもリトの肝《きも》が小さいと揶揄《やゆ》されるゆえんだ。

クレイデルのことは、彼が生まれた時からの付き合いなのに。今更気安く頭を撫でたくらいで無礼だと怒られることは絶対にないとわかっていても、つい竦み上がってしまった。

「――……そうめい、ってなに？」

クレイデルがこてんと首を傾げる。

一瞬で緊張が解けたリトが噴き出すと、クレイデルの頬《ほお》がぷうっと膨《ふく》れた。

「だってリトがむずかしいことばつかうんだもん！」

「あはは、すみません！」

ムキになって怒られるほど笑い声が我慢できなくなって、リトは顔を伏せながら口元を隠した。

「もう！　わらっちゃだめ！」

リトが体を揺らして笑うたびに揺れる長い耳が気になったのだろう。クレイデルは目の前に垂れたリトの長い耳をぎゅっと摑《つか》んで、もふもふとした感触を堪能しながら抗議を続ける。

クレイデルは小さい頃からリトの長い耳を触るのが好きで、一時はリトの耳を触っていないと寝付けないほどだった。

そこまで気に入ってもらえるのは教育係として嬉《うれ》しい限りではあるのだけれど——主《あるじ》を甘やかしすぎだ、と言われれば否定できない。

「申し訳ありません、クレイデル王子。耳をもふもふするのはお許しくださいっ」

それでも、二人きりの時くらいはいいだろう。

リトが笑いながら許しを請うと、クレイデルも笑い声をあげながら「だめ！」と両手で耳を摑んでくる。

その時、草原にひときわ強い風が吹き抜けた。

「わあ……！」

リトの耳を摑んだまま、クレイデルが感嘆の声をあげる。

風に吹かれた花々の綿毛が舞い上がり、太陽の光にきらきらと反射していた。

「……美しいですね」

リトも思わずほうとため息を吐《つ》いて、その幻想的な光景に見惚《みと》れた。

クローヴァ王国は緑豊かな国だ。

よく訓練された騎士たちが外敵から守ってくれることで、国民は穏やかな毎日を送ることができている。

周囲は鬱蒼《うっそう》とした森に囲まれているが、そこまで足を延ばすこともない。うさぎたちはよく働くし、資源も豊富な国だ。

人間とうさぎの相性はいいのだろう。どちらも争いを好まない種として、この平和な日々を満喫している。

「あっ、こら。王子、危ないですったら」

リトの膝の上に立ち上がったクレイデルが、頭上に腕を伸ばして綿毛を摑もうとする。

この間生まれたばかりだと思っていても、こうして膝の上で立たれるとなかなかどうしてけっこうな重さがある。リトは大事な王子が転げ落ちてしまわないように、細腕で支えた。

「すごいきれいだね、まほうみたい！」

膝から降りたクレイデルが、小さな手の中に摑んだ綿毛をリトに差し出しながら笑う。

「魔法……。そうですね、魔法ってこんな感じだったのかもしれません」

差し出された綿毛を指先でそっとつまんで口元に運び、窄《すぼ》めた唇から息を吹きかけた。

綿毛はくるくると回転しながら青い空に舞い上がった。

「わあ、リトのまほう！」

無邪気に笑うクレイデルが綿毛を追いかけていく。リトは慌てて立ち上がった。このところ我が主はずいぶん速く駆けるようになった。見失ってしまうほどではないけれど、万が一転びでもしたら大変だ。

「王子、お待ちください」

「リト、もっとまほう見せて！　まほう！」

「クレイデル王子、転んでしまいますよ。いくら草原といっても――」

綿毛を巻き上げながら駆けていく姿に腕を伸ばして、ようやく追いつく。リトの腿《もも》ほどの高さまで育ったクレイデルを抱きとめてお説教を開始しようとした、その時。

「――魔法？」

背後から冷ややかな声がして、リトは耳を震わせた。

「出来損ないの垂れ耳が魔法なんて使えるはずがないでしょう」

クレイデルの肩をぎゅっと抱きしめて、ゆっくりと振り返る。

そこには草原に聳《そび》える凛《りん》とした一本の木のような姿勢で立っている、うさぎの姿があった。

「……アンテ兄様」

まだ空は高いのに、日向《ひなた》の暖かさも忘れるほどの緊張に襲われてリトは背筋を伸ばした。

「クレイデル王子、ご機嫌麗《うるわ》しゅうございます」

美しい銀色の長い髪から長い耳をぴんと立てた兄は恭《うやうや》しく胸に手をあてると、リトの体の陰に隠れたクレイデルへ深く頭を下げる。

クレイデルも多少緊張した様子で小さく会釈《えしゃく》を返したけれど、それはアンテの着けたモノクルに冷たく反射されただけでしっかり見止められたとも思えない。

「末王子とはいえ、仮にもクレイデル王子はクローヴァ王国の王家の血を引く人間。もし転んでお怪《け》我《が》でもされたら大事《おおごと》です。活発なことは良いことですが、お気を付けくださいませね」

双眸《そうぼう》を細めて微笑《ほほえ》むアンテの言葉に、クレイデルは委縮したように肩を窄めて小さく肯く。

この場で責められているのは、クレイデルじゃない。リトだ。

主に怪我をさせるようなはしたない真似《まね》をさせるなんてお前は本当に愚図《ぐず》の出来損ないだ——と、そう言われているのが言葉の端々から感じられた。

「……申し訳ありません」

リトはこの怜悧《れいり》な兄に深々と頭を下げると、自分の至らなさを恥じた。

リトが幼い末王子に甘すぎると笑ってくれるのはごく一部の親しい使用人だけで、実のところ、リトはクレイデルの行儀作法の教育がしっかりできていない。

それは、兄たちに何度も言われて痛いほどよくわかっていたはずなのに。

他でもない、クレイデルの前で叱られてしまうなんて。

「リト……」

小さな小さな声で呟いたクレイデルが、リトの手をきゅっと握る。

彼は聡明な子だ。だからこそ、気を使わせてしまうことがわかっているから、こんな姿を見せたくなかった。陰で叱られるならいつものことだけれど。

「さあ、クレイデル王子。お遊戯の時間はもうお終《しま》いになさいませんか？」

クレイデルの目線の高さに屈《かが》むでもなく見下ろすような姿勢のまま発せられたアンテの穏やかな声に、クレイデルがリトを見上げてから、戸惑うようにもう一度アンテを見た。

「え？」

「シュリーチカ様がお呼びです」

アンテはそう言ったきり、音もなく踵《きびす》を返してリトたちに背を向けた。

ついて来いと言うまでもなく当然ついてくるだろうという不遜《ふそん》さを感じる。アンテのこの威圧的な態度は今に始まったことじゃないけれど。

リトが困惑しながらクレイデルに握られた手をそっと握り返して立ち尽くしていると、ふとアンテが足を止めた。

そのまま振り返りもせず、頭上の白い耳だけがこちらを向く。

「リト、お前もおいで」

アンテ《兄》は風の音に掻《か》き消えそうなほど乾いた声で、そう一言付け足した。

「シュリーチカ王子、クレイデル様とリトが到着しました」

閉じたままの扉の前でアンテが凛々《りり》しい声をあげると、中から短く「入れ」と聞こえた。

アンテだけが跪《ひざまず》いていた体を起こして扉をゆっくりと開く。

クローヴァ王国第二王子、シュリーチカの部屋からはかぐわしい花の香りが漂ってきた。

「にいさま、こんにちは」

アンテが部屋に歩み入る硬い靴音を響かせると、リトの前でぱっと顔を上げたクレイデルが駆け出す。咄嗟にその手を引いて制そうとしたけれど、リトはまだ顔を上げていいとは言われていない。すんでのところで堪《こら》えていると、アンテの低い声がリトを呼んだのが聞こえた。

「失礼いたします」

身を起こし、緊張しながら第二王子の執務室に歩み入る。

アンテは既に、まるで王座のように大仰《おおぎょう》なシュリーチカの椅子《いす》の背後に立っていた。

駆け出したクレイデルはシュリーチカの机の前まで行って、小さな椅子に腰かけている。

リトはシュリーチカともアンテとも顔を合わせないように視線を伏せながら、クレイデルの背後についた。

「わざわざ呼び立てて悪かった。執務で手が離せなかったからな」

絹のように滑《なめ》らかで、冷たい声。

シュリーチカは赤みがかった金髪を揺らして手元に視線を落としたままだ。重厚な木製の机の上には書類が積まれていて、彼の多忙さがわかる。

シュリーチカはクレイデルと十歳ほど離れてはいるが、まだ若い。それでいて父親である国王の右腕として執務をこなしている。その手腕は大したものだと大臣たちからも評判が高いらしい。

もっとも、それらの功績にはシュリーチカの従者であるアンテの能力の高さも関係しているだろう。シュリーチカの背後にピンと張り詰めた糸のように姿勢正しく立っているアンテはリトの兄弟の中でも一番の俊英だ。

リトの家は代々、人間である王族の従者、教育係を輩出している。他の王子や姫、国王や后《きさき》の従者もリトの一族だが——もしこの家に生まれていなかったら、リトは城に出入りもできなかっただろうなどといつも笑われた。

シュリーチカの前で頭を下げると、視界の端で長い耳が揺れている。

アンテや他の兄弟の耳は、他のうさぎたちから見ても羨望《せんぼう》の的になるくらい大きくて長く、つんと立っているのに。

「クレイデル、最近は兄上の見舞いには行っているのか？」

大きな羽のついたペンを走らせながらシュリーチカが尋ねると、クレイデルは大きく肯いた。

「はい！　きのうも、リトとつんだお花をとどけました」

「そうか」

にこりともせずにシュリーチカが軽く聞き流す。

シュリーチカはよく整った容貌《ようぼう》とその無表情さからクローヴァのオートマタと言われることがある。それが揶揄なのか羨望なのかは、その時によって違うけれど。

まるで精巧な人形のように美しく、声にも抑揚《よくよう》がない。明晰《めいせき》な頭脳や素早い判断力でさえ「人間」らしくないと言われるほどだ。

人間でも、うさぎでもない。自動人形《オートマタ》。

シュリーチカの前に出るとクレイデルは少し緊張してしまうようだった。

リトがその小さな背中にそっと手をあてがうと、ほっとしたように王子が振り返る。リトは微《かす》かに笑って肯いて見せた。

「アネモネにいさま、きのうはベッドをおりて、いすにすわっておはなししたんです！」

アネモネはクレイデルやシュリーチカの兄、このクローヴァ王国の第一王子だ。

しかし生まれつき体が弱く、一年のほとんどをベッドの中で過ごしている。

式典にも顔を出せたことがないためか、国民はシュリーチカが第一王子だと思っているくらいだ。

クレイデルは長兄《ちょうけい》であるアネモネによくなついていて、毎日のように訪ねては楽しそうに話している。今日あったことや、見た景色。城の人とどんな話をして、国民はどんな様子だったか。

クレイデルが活発に城の外に出て遊ぶのが好きな子に育ったのは、アネモネに外の様子を届けたい一心なのだろう。リトもそれがわかっているから、机上の勉強のみにこだわることはしたくない。

アンテたち、他の兄弟からするとそれも愚かなことなのかもしれないけれど。

「そうか……昨日、無理をしすぎたのかもしれないな」

ふとペンを止めたシュリーチカが呟くと、クレイデルがはつらつとした顔を翳《かげ》らせた。

「アネモネにいさま、どうかしたの？」

「いや、大したことじゃない。容態が急変して、今日は人間の医師がつきっきりだそうだ。まあ、いつもの疲れだろう」

クレイデルが呼気を震わせて、視線を落とした。

膝の辺りで手を握りしめている。

昨日自分が無理をさせてしまったと思っているのかもしれない。

シュリーチカにクレイデルを責めるつもりはなかったのかもしれない。ただ、事実を言っただけなのだろう。でも、柔らかなクレイデルの心がぎゅっと萎《しぼ》んでいくのが目に見えるようだ。

「クレイデル王子」

気に病むことはないと言うつもりで小さく声をかけると、シュリーチカには聞こえなくともアンテの長い耳には届いたようだ。ぴくりと耳が震えて、赤い目が射抜くようにリトに向けられた。

「兄上が心配か？」

口を開いたのはシュリーチカだった。

クレイデルが唇を尖《とが》らせながら、言葉もなく肯く。

「私も兄上には健勝であってほしいとは常々思っているのだ」

今にも泣きだしてしまいそうなクレイデルの肩を抱き寄せたリトは、思わずえっと声をあげそうになって慌てて口を噤《つぐ》んだ。

シュリーチカからアネモネを心配する言葉が聞けるなんて、意外だ。

血のつながった兄を疎《うと》ましく思うことこそなくても、人を心配するような人物だとは思っていなかった——というと、失礼だろうけれど。

クレイデルと違ってただの一度も見舞いなど行ったことがないと聞いていたのに。

「しかし、これ以上はいくら人間の医師の力でもな……」

シュリーチカの止まった指の先で、ペンが揺れる。

この国にはうさぎの医師もいる。アネモネも普段はうさぎの主治医に診《み》てもらっているが、深刻な容態になると人間の医師のほうがやはり頼りになるものだ。

人間の医療行為は世界で一番進んでいると言われている。

今まで、勤勉と言われているいぬの国の医師や、賢者と名高いカラスの医師を呼んだこともあるけれど、人間には敵わなかった。

その人間の医師でもアネモネの体を治療することは難しいというのだろうか。

無意識に喉を鳴らしそうになった時、抱き寄せたクレイデルの身が強張《こわば》っているのがわかって、リトははっとした。安心させるように肩を撫ではするけれど、かける言葉は見つからない。

「やはり『あれ』を探しに行くしかないか」

「シュリーチカ様」

アンテが珍しく、シュリーチカの言葉を遮《さえぎ》って諫《いさ》めるような声をあげた。

「……仕方がないだろう。陛下の執務を置いてでも、私が行く他にはない」

アンテが黙って首を左右に振った。

「大した道程《みちのり》ではない。一週間ほど城を空ければ――」

「国務が滞ります」

「お前はこの国の政務と兄上の命、どちらが大切だと考える」

シュリーチカは声こそ荒らげないものの、アンテを押さえつけるように振り返った。

アンテはモノクルの下の目を伏せて主の叱責《しっせき》に耐えながら、言い淀んだ。

「――あの……」

リトが思わず口を挟むと、クレイデルがその顔を仰《あお》いだ。

「『あれ』とはなんでしょうか？」

アネモネの命に関わると言われると、気になってしまう。

リトだっていつも穏やかで心優しいアネモネのことが好きだ。早く健康になってほしいという気持ちはある。

しかし、第二王子と優れた兄の会話に言葉を差し挟むのは出過ぎた真似だったかもしれない。

アンテが忌々《いまいま》し気に眉を顰《ひそ》め、リトは咄嗟に首を竦めた。王子たちの前でなければ垂れた耳を掴んで丸くなってしまいたいところだ。

「アンテ、お前は下がっていろ」

シュリーチカが椅子を鳴らし、アンテから顔を逸《そ》らす。

ますますリトはいたたまれない気持ちになって、クレイデルを口実に部屋から逃げ出したくなった。

「……リト、お前は森の先にかつてのうさぎの国の遺跡があることを知っているか」

「え」

まさかシュリーチカから直接声をかけられるとは思っていなくて、間の抜けた顔を向けてしまった。

案の定、アンテの眉間《みけん》の皺《しわ》が深くなっている。

「そこには、古代うさぎの民の遺《のこ》した剣がある――と、言われている」

シュリーチカ自身も半信半疑なのかもしれない。

ペンを持った手で薄い色の唇を撫でるように頬杖《ほおづえ》をつくと、長い睫《まつげ》が頬に影を落とした。

「お前も、古代うさぎの民の話は知っているだろう」

「は、……はい」

クレイデルが大きな目を瞬《しばた》かせて、リトとシュリーチカを交互に見る。

リト自身も、何故《なぜ》こんなことになっているのか困惑していた。シュリーチカにとって従者はアンテだけで、ましてや出来損ないのリトなんて存在自体目にも入っていないとばかり思っていたのに。

「一説によると――古代うさぎの遺した剣には魔法がかけられているのだそうだ」

「まほう……」

呟いたのはクレイデルだった。

クレイデルは魔法に対して強い憧れがある。それは、クローヴァで暮らす国民ならみんな同じだけれど。

かつて、うさぎは魔法で自分たちの身を守っていたという。だから古代うさぎの剣に魔法がかけられていたというのもおかしな話ではない。

「その剣が主と認めた者の願い事を叶えてくれる、という魔法だ」

シュリーチカのブルーがかった灰色の瞳が輝いた。

つまり――

「そのけんで、アネモネにいさまのびょう気がなおせるってこと？」

リトの腕を抜け出してシュリーチカの机に飛びついたクレイデルは真剣な顔をしている。

「ああ。人間の医師にも手に負えない、となると……魔法の剣を持ち帰るしか」

「リト、さがしにいこう！」

勢いよく振り返ったクレイデルがそう言うだろうことはわかっていた。

リトがため息を吐くのと、アンテが首を竦めたのはほぼ同時だった。

「ええと……クレイデル王子が行くのはちょっと難しいかと」

大好きな兄王子のために魔法の剣を探しに行くというのは、いかにもクレイデルが飛びつきそうな話だ。

クローヴァ王国を囲む森は深く、広大だ。

走るのが速いと言われているうまの国の者が駆けて十日かかるというのだから、幼いクレイデルの足ではいったい何日かかるものか知れない。

クローヴァ王国が他国からの侵略をあまり受けずに平和に過ごせているのも、この森の包囲があるからだ。

実際、開けた高台にあったと言われている古代うさぎの国は常に他国の脅威に晒《さら》されていたらしい。

この森の中にクローヴァ城を築いたのは人間の知恵に他ならない。

「むずかしくない！」

「きっと何日もかかりますよ？　森の中には宿もなくて、ベッドもありません。硬い土の上で虫さんと一緒に寝ないといけないんですよ？」

声を潜めたリトが優しく諭《さと》すと、クレイデルがぎゅっと唇を真一文字に結んで強い眼差《まなざ》しで見返してきた。

「アネモネにいさまは、まい日もっとくるしくて、いたいおもいしてるから」

クレイデルのまっすぐな言葉に、リトは思わずぎくりとした。

アネモネはクレイデルほどの年齢の時からずっと「長くは生きられないだろう」と宣告されてきた。

冷たい風が吹けば気管支を患《わずら》って呼吸さえままならなくなり、暑い季節には体力が低下して体中に湿《しっ》疹《しん》ができてしまう。

そのさまをクレイデルはずっと、間近に見てきた。

「ぼくはげん気だから、アネモネにいさまのためにできることがあるなら、してあげたい」

「クレイデル王子……」

胸がいっぱいになって、リトはそれきり言葉を失ってしまった。

クレイデルがアネモネの見舞いをしながらいつも歯痒《はがゆ》い思いを抱えていたのだろうことや、なによりもあの小さかったクレイデルがこんなに成長していたなんて、リトはちっとも知らなかった。

体が大きくなって仕立て屋を呼ぶたびに成長を実感していたつもりだったけど、こんなに心が強くなっていたなんて。

誰かを守るために、自分の苦労をものともしない。それは王子としてあるべき姿だ。

リトはこみあげてくるものを瞳からあふれさせまいとして喉を鳴らし、大きく肯いた。

「――かしこまりました。ではすぐに騎士団に連絡を……」

「なにを言ってる、クレイデル王子一人の護衛に騎士団を動かせるはずがないだろう」

今にも執務室を飛び出して騎士団長に話をつけに行こうとしたリトを、アンテの冷たい言葉が引き止める。

「っ、しかし」

「国の警備を手薄にさせるつもりか？」

確かに、アネモネのことを思うクレイデルを護衛させるために国を無防備にさせるのは本末転倒だ。もう長いことクローヴァに攻め入ってくる国などないとはいえ、警備が手薄になったことが知れれば何者が侵入してくるかもわからない。

リトが返す言葉を失って立ち尽くしていると、シュリーチカが小さく息を吐いて首を振った。どこか、芝居がかった仕草のように見える。

「うさぎの国の遺跡までは長い道程になる。森には国を持たない有象無象《うぞうむぞう》もいるだろう。そこへ騎士団が大勢で侵攻していけばどうなる。クローヴァ国の進軍だと思われ、大事になるだろう」

騎士団を動かせないというシュリーチカの言葉はもっとものように思えた。

やはり王子自身が遺跡まで向かうことは無理なのだろうか。

クレイデルの視線が刺さるように感じる。しかし、リトはその顔を見返すことができなかった。

「まあ、――騎士を単身で帯同させるくらいならば可能かもしれないが」

うつむいたリトを見かねたように、シュリーチカがぽつりと漏《も》らした。

顔を上げると、クレイデルもシュリーチカを振り返っていた。

「ああ、それならばロゥがいいでしょう。少々変わった騎士ですが、腕は確かです」

アンテがモノクルを押し上げながら肯いた。シュリーチカも異論はないといった様子だ。

「ロゥ……ですか」

その騎士の名前には聞き覚えがある。

おそらくクローヴァ城で知らない人間はいないだろう。あまりいい話を聞かない騎士だ。

「騎士団長の秘蔵っ子だ。ロゥならばクレイデルを無事遺跡に送り届けることができよう」

「じゃあぼく、まほうのけんをとりにいけますか？」

リトとシュリーチカを交互に見たクレイデルが興奮した声をあげる。

いやそれは、と言い出せるような雰囲気じゃない。この場で遺跡に行くことに懸念を抱いているのはリトだけのようだ。どうしてこうなってしまったのかわからないけれど。

「ああ、兄王子を想ってのことだ。陛下も喜ばれよう。私から申し上げておくから、すぐにでも旅支度をしたらいい」

「えっ、すぐに……ですか？」

そんなに急いで出立《しゅったつ》すると思っていなかったリトが思わず呟くと、呆《あき》れたようにシュリーチカが眉を顰めた。

「忘れたのか？　兄上は昨夜から重篤《じゅうとく》な病《やまい》で臥《ふ》せっておられる。そのために遺跡に向かうのだろう」

「そうだよ、リト。ぼく、にいさまに早くげん気になってほしい」

シュリーチカとクレイデル、両者の視線に射抜かれるとリトはそれ以上なにも言えなくなって、おずおずと頭を下げた。

垂れ下がった長い耳が、ますますぺたりと髪の上で重くなった気がした。

草を踏む音。鬱蒼とした木々が頭上の空を塞《ふさ》ぎ、葉が風音を伝える。

静かな森の中に――重々しい金属音が響く。

一歩、一歩、男が足を踏み出すたびにガッシャガッシャと鎧《よろい》の継ぎ目が擦《こす》れて、聞いているだけでも疲労がたまってくる。

「あの――……ええと、いい天気でよかったですね」

リトは前方を意気揚々と進むクレイデルに注意を払ったまま、傍《かたわ》らの男をそっと窺《うかが》い見た。

クローヴァ城、出立の日。

天気は清々《すがすが》しいほどによく晴れ、足元も悪くない。

早朝からもう三時間ほども歩いているけれどクレイデルは疲れた様子もなく、問題なさそうだ。

問題なのはむしろ、護衛につけてもらったこの騎士――ロゥのほうだ。

ロゥはクローヴァ王国騎士団の中でもひときわ異質で、目立つ存在だった。

シュリーチカが認める通り、確かに剣の腕は立つらしい。騎士団内の模擬戦で負けたことはないというし、周辺でならず者が出たといえば真っ先に先鋒隊《せんぽうたい》に選抜されるのはロゥだし、そこでも傷を負ったという話は聞いたことがない。

話によると騎士団長の養子だそうで、小さい頃から剣の訓練を受けてきたというからエリートなのだろう。

ただ——ロゥが城内で有名なのは、腕が立つからじゃない。

「あの、……天気、もいいですし……その、……暑くないですか？」

そろりと盗み見たリトの隣のロゥは、全身を鈍色《にびいろ》のプレートアーマーで覆われていた。

その顔を見たことがある者はいないという。同じ騎士団の中でもだ。

彼は常にこの鎧を着けていて、表情を窺うことはおろか、声さえほとんど誰も聞いたことがないともっぱらの評判だった。

実はその中身はがらんとした空洞で、鎧こそが本体、その正体は戦場で命を落とした亡霊なんじゃないか——という噂《うわさ》がまことしやかに流れているくらい、ロゥは変わった騎士だった。

実際、今朝城を出る時に初めて会ってから今まで、一言も声が漏れ聞こえてきたためしがない。

ただただ、規則的な金属音を響かせるだけで。

これでは確かに亡霊だと言われても納得だ。

「せ、せめてバイザーを上げてみる……とか」

それじゃ空気も薄くなりますし、と続けるつもりが緊張で声が妙に上ずって、リトは咳《せき》払いでごまかした。

言葉も発しない、顔色も窺えない相手とこれから先、一緒に旅をするなんて気が重い。

騎士団長の養子だというなら不審な男ではないのかもしれないけれど、それを信じる要素がなにもない。騎士団長も知らないうちに中身が入れ替わっていたっておかしくないじゃないか。

さすがに家でくつろいでいる時には鎧は脱ぐのだろうか。とても、そんなことを気さくに尋ねられる空気ではない。

ただ、風が吹き抜けていく。

リトは虚空《こくう》に話しかけた自分を恥じるように首を竦めて、垂れた耳をぎゅっと摑んだ。

もしかしたら、ロゥだってこんな道中に付き合うのは本意ではなかったのかもしれない。

リトのような出来損ないの従者と、まだ幼い末王子のままごとみたいな旅だなんて。

シュリーチカに言われて仕方なく同行しているのだとしたら、今頃バイザーの中では渋面《じゅうめん》を浮かべているのだろうか。

「――……心配いらない」

その時、ふと草擦れの音に紛れて低い声が聞こえてきて、リトは顔を上げた。

思わず周囲を見回してから、隣の鎧を着けた男を見る。

この場にいるのはリトとクレイデルと、ロゥしかいない。つまり。

「ロゥ、おはなしできるんだね！」

「クレイデル王子！」

前を歩いていたクレイデルが振り返ってキラキラした目でロゥを仰ぐと、リトは咄嗟に声をあげてしまった。

お話しできるのかなんて、気を悪くされるかもしれない。

瞬間的にリトは冷たい汗が噴き出してきてクレイデルを抱き上げた。

「だって、ずっとおはなししてくれないから……。ブリキのお人ぎょうみたいだ、っておもってたんだ」

「王子。ロゥは、その……おとなしい方なんです」

「じゃあどうしていつもヨロイをきてるの？」

リトの腕に抱え上げられてもなお、好奇心に満ちた表情でロゥを見つめるクレイデルの口は止まらない。リトは引き攣《つ》った表情でロゥを窺った。

「ろ、ロゥたち騎士にとってはこれが……その、正装ですから、王子の前で粗相《そそう》がないようにと……そ、そうですよね？　ロゥ」

「でもほかのきしは――もがが」

耐え切れずに、クレイデルの口を掌で覆う。

王子の口を物理的に塞ぐなんてリトのほうがよほど失礼だけれど、クレイデルは楽しそうに手足をばたつかせるだけだ。

――周囲には延々と森が続くばかりで、誰が通りかかることもない。

万が一、ロゥの怒りを買って斬り捨てられでもしたところで止める人もいなければ罪が明るみに出ることもないのだ。

リトが護身用に持ってきた小剣は、ロゥの腰に差さった剣とは比べ物にもならない。まして、リトは戦ったこともない。

ロゥがなにを言われたら気分を悪くして、どんなふうに怒るのかも知らない。

要は、得体が知れない。

リトはクレイデルを抱く腕にぎゅっと力をこめた。

深い森で、信頼できるのは自分だけだ。

クレイデルだけはリトが守らなければいけない。

「リト、くるしいよ～」

「！　す、すみません」

ロゥから顔を伏せて無意識にクレイデルを抱きしめていた腕を緩《ゆる》め、そっと降ろす。

クレイデルは自然にリトの手を握って、また歩き出した。

「――――……」

また静かな森に、クレイデルの軽やかな鼻歌と鎧の擦れる音だけが響く。

「あ、あの……すみません、失礼な、ことを」

王子はまだ幼いからと弁解しようとした時、ロゥが不意に足を止めた。

ぎくりと背筋を強張らせるリトに反して、クレイデルが無防備な顔でロゥを振り返る。

ガシャと重い音をさせながら――ゆっくりと、ロゥが跪いた。

「王子の御前《おんまえ》で失礼いたしました」

クレイデルに深く首を垂れたロゥが、唸《うな》るように低く告げる。

それはまるで、主に叙任《じょにん》を受ける騎士の姿、そのものだった。

「…………」

クレイデルが驚いたように目を丸くして、ロゥを見つめる。

リトも同じだった。鎧を着けた大柄のロゥがまだ小さなクレイデルに跪くその姿があまりにも美しくて、胸がいっぱいになるようだ。

「ううん。ぼくも、ごめんなさい。でもね、ロゥとたくさんおはなしがしたいっておもって」

リトの手を離したクレイデルがロゥの鎧に触れると、まだ少しリトは緊張してしまうけれど。

それでも、ロゥを信用できる日はそう遠くないと予感するには十分すぎるほど荘厳《そうごん》な光景だった。


「はぁ……」

獣除《よ》けと寒さ防止のためにおこした焚火《たきび》を見つめながら、リトはため息を吐いた。

森の夜は幸い、思っていたよりも寒くない。

とはいえそれは今日たまたま天気がよかったおかげで、これから雨の日もあれば風が強い日もあるだろう。遺跡までの道程にどれくらい時間がかかるかもわからない。

――そもそも、本当に辿《たど》り着くことができるのだろうか。

もしリトが見習い騎士程度にでも鍛えていれば、クレイデルが疲れてしまっても負ぶって歩くことはできる。だけど、リトだって大して体力に自信があるわけじゃない。

ロゥならばクレイデルを背負って歩けるかもしれないけれど、リト自身が歩けなくなってしまったら。

やはり、どう考えても準備期間が必要だった。

アネモネの容態は心配だけれど、だからこそ慎重になるべきだった。

「……はぁ」

すぐに二度目のため息を吐き出して、リトは耳の毛のブラッシングを再開させた。

垂れた耳は手入れがしやすそうでいいな、と兄弟からからかわれたことがある。実際、アンテほどすらっと立ち上がった長い耳はブラッシングが難しく、メイドにやらせているらしい。

優秀なシュリーチカの従者ともなれば、アンテにもメイドがつくのかと驚いた記憶がある。もっとも、リトにもメイドをつけると言われたところできっと困ってしまうけれど。

こうして、耳の手入れも自分でできるのだし。

「疲れたか」

片耳のブラッシングを終えてもう一度ため息を吐きそうになった時、不意に背後から声をかけられてリトは飛び上がった。

振り返ると、ロゥが立っていた。

手には森のどこかで収穫してきたのだろう木の実を持っている。

「……朝食を」

穫《と》りに行っていたのだ、と最後まで口にするでもなくロゥが焚火のそばに腰を下ろす。

鎧に焚火のゆらめきが映りこんで、なんだか眩暈《めまい》を起こしそうだ。リトはそっと視線を逸らして、短く礼だけ告げた。

クレイデルに危害を加えるようなことはない――かもしれないけれど、だからといって表情も読めなければなにを考えているかわからないことには変わりない。

口数も少ないし、木の実を穫りに行くにしたって一言告げていってくれてもいいようなものだ。

でもそう言ったところで短い返事が返ってくるだけだろうと思うと、口を開く気になれない。実際、疲れているのだろう。

「ロゥは、騎士のお仕事で遠征されることもあるんでしょう。森には慣れているんですか？」

取り繕《つくろ》うように別の話を振りながら、もう一方の耳のブラッシングを始める。

こころなしか、ロゥの視線を感じる気がした。

ずっと鎧を着けていてはロゥだってブラッシングしたくなるだろう。あるいは、ロゥも垂れ耳がもの珍しいのかもしれない。

「私はクレイデル王子の従者になってからクローヴァ王国を離れるのは初めてで……これでも小さい頃は森を探検などしたものなのですが、だいぶ体力も落ちてるみたいです。……歳《とし》でしょうか」

場を和《なご》ませようとリトが笑い声をあげても、焚火にくべた木の枝が爆《は》ぜる音だけが返ってくる。

リトの笑い声は暗い夜空に消えていって、いたたまれなさだけが肩に重くのしかかってきた。

――こんな調子で本当にこの先の旅路、やっていけるのだろうか。気を抜くとついつい不安が胸を突き上げてくる。

「んん……」

クレイデルが寝言を漏らしながら寝返りを打つ。

できる限りふかふかの土の上に寝具を広げたけれど、城のベッドと比べるとどうしたって硬いだろう。今日はたくさん歩いたからよく眠っているようだけれど。

上掛けをしっかり首元まで引き上げて、柔らかな金髪を撫でる。クレイデルはむにゃむにゃと口元を動かして、また静かな寝息をたて始めた。

穏やかな寝顔に双眸を細めて、リトはロゥを振り返った。

「ロゥは世間話とかしますか？」

口数は少ないけれど、こちらを無視するわけじゃない。

現に今も、リトが向き合えばロゥはそっぽを向くでもなく顔を向けてくれている。そのバイザーの中でどんな表情を浮かべているかわからないとはいえ。

「……あまり」

「ですよね」

リトが大きく首を竦めると、ロゥの鎧が首元で軋《きし》むような音を立てた。少し視線を伏せたのかもしれない。

「話し相手になってやれなくてすまない」

低くくぐもった声。

いつも鎧を着ている騎士なんて会ったことがないからつい警戒してしまうけれど、変わっているからといって悪い人ではないのかもしれない。

それを言ったら垂れ耳のうさぎなんてクローヴァ王国じゃリトだけだ。

ロゥの言葉は無愛想なばかりだと思っていたけれど、クレイデルに跪いたあの姿を見た後ではただ緊張しているだけのように聞こえなくもない。それも表情が見えないから本当のことなんてわからないけれど。

わからないなら、どちらかに決めつけてしまうのはよくない。

リトはふるふると首を振って、ロゥに手を差し出した。

「……っ」

ロゥがそれを見下ろしてぎくりと体を強張らせた、ように見えた。

「私たちの目標は、古代うさぎの遺跡まで行って剣を見つけてくることです。クレイデル王子をお守りするという気持ちは、私もロゥも同じですから。気負わず行きましょう」

とにもかくにも、旅はまだ始まったばかりだ。

仲間を警戒していたって始まらない。ロゥだって口下手なことを気にしなくていい。そういうつもりで差し出した手は、しかし握り返されることはなかった。

それどころか、両手を体の後ろに退避させられてしまった。

「……馴《な》れ馴《な》れしすぎました？」

騎士に握手を求めるのはあまり行儀のよくないことだっただろうか。

リトが行き場のなくなった手を下ろして尋ねると、ロゥが小さく首を振った。

「熱い、……かもしれないだろう」

焚火を見て小さく呟かれたロゥの言葉に、リトは思わず噴き出した。

「やっぱりその鎧、暑いんじゃないですか」

もしかして、だから焚火のそばを離れて木の実を穫りに行っていたのだろうか。そう考えると面白くなってきて一気に不安が消し飛んでいく。

クレイデルを起こしてしまわないように声もなくリトが笑っていると、ロゥが居心地悪そうにもじもじしているように見えて、ますます笑いが止まらない。

なんだか、このままうまくやっていけるような気がしてきた。鎧の中がたとえ亡霊だとしても、きっと悪い人じゃない。

＊　＊

「はい！　これ、ロゥのお花」

小さい手に握りしめられた、薄紫色の小さな花束。

差し出されたロゥがそこに身を屈めて慎重にガントレットのついた手で受け取ると、クレイデルが嬉しそうに笑顔を浮かべた。

「……ありがとうございます」

「どういたしまして！」

花を受け取ったロゥはぎこちなく見下ろしてから、そっと香りを嗅《か》ぐように顔に寄せたけれど――鎧を着けたままでは花の香りがわかるのかどうか。

リトが様子を窺っていると、結局香りを感じ取れなかったらしいロゥが困惑気味にこちらを見た。

慌ててリトが顔を逸らすのと、ばつの悪そうなロゥが顔を戻すのはほとんど同時だった。

反応を盗み見ていたのは申し訳ないけど、その様子がおかしくてつい笑ってしまいそうになる。リトが堪えていると、ロゥの鎧の下から小さく咳払いが聞こえた。

クローヴァ城を出発して、十日。

最初の数日はクレイデルがいつ「やっぱり無理」と言い出すものかと思っていたけれど、とてもそんな兆候はない。

むしろ自分でコンパスを握りしめて、相変わらず先頭でリトとロゥを引っ張ってくれているくらいだ。

ロゥも話すことにあまり抵抗がなくなってきたようで、それもクレイデルの機嫌をよくしているようだった。

天気も幸い、まだ大きく崩れたことはない。一度だけ風の強い日にクレイデルが怖がってリトと一緒に寝たがったけれど、ぎゅっと抱きしめて眠ったら翌日はもう元気になっていた。

リトが思っているより、クレイデルはタフな子に育っている。

「ロゥ、おててつなご」

はい、とクレイデルに手を差し出されて、ロゥが困惑しながら花を反対側の手に持ち替える。

鉄製のガントレットに包まれたロゥの指先をクレイデルがきゅっと握ると、思わず微笑ましくなってしまう。出発した頃に感じていた警戒心や不安なんて、もうすっかりない。

我ながら現金なものだと思うけれど、クレイデルさえ幸せならばリトも安心できる。

もう一方の手でリトの手を握ったクレイデルが満足そうなら、それでいい。

クレイデルが真ん中で両腕を振って、ロゥとリトがそれに振り回される格好で森を進む。これじゃまるでピクニックだ。

「いせきってどんなところなんだろう。リト、行ったことある？」

「うさぎがそこで暮らしていたのは、クローヴァ王国ができる前ですから……うんと昔のことですし、遺跡があるなんて話自体、噂でしか聞いたことがありません。騎士団では知られていますか？」

騎士団はクローヴァ王国の保安と、周辺の森の見回りをしている。森には詳しいのだろう。

クレイデルの頭上で尋ねると、ロゥは逡巡《しゅんじゅん》してから首をひねった。

「……昔この森にうさぎが住んでいた、とは。ただ、それを調査したという話は聞かないな」

遺跡を目指すこの旅は、シュリーチカから与えられた古い文献に残された情報だけが頼りだ。

この森をよく知っている騎士団でも調査したことがないというなら——

「どうして、そこに剣があると知っていたんでしょう……」

ふと、リトは足を止めて呟いた。

手をつないでいたクレイデルもつられて歩みを止めて振り返る。

「リト？」

魔法のかかっている、願いの叶う剣。

それがあるということを誰が突き止めたのか。

突き止めた時点で持ち帰られなかったのは何故か。

古代うさぎについての文献は、うさぎたちの口伝《くでん》をもとに記されている。だから遺跡の場所は誤りだとは思っていないけれど、願いが叶う魔法の剣なんて、本当にあるならどうして文献に残っていなかったのだろう。

なにより、どうしてそれはクローヴァ王国に持ち込まれなかったのか。

そんなものが本当にあるなら誰だって欲しいはずだ。

そう、シュリーチカ自身だって——

「リト」

突然押し黙ってしまったリトの手をクレイデルが強く引いた瞬間。

ぐう、と大きな腹の虫が鳴いた。

「！」

真っ赤な顔をしたのはクレイデルだ。慌ててお腹《なか》を押さえたいのだろうけれど、リトとロゥの手を両手につないでいるせいで混乱している。

リトは思わず噴き出して、そっと手を離してあげた。

「朝からずっと歩いていますからね。少し休憩して、ご飯にしましょう」

空いた手でお腹を押さえたクレイデルの前にしゃがんで目を合わせると、愛らしい主は大きく肯いた。

森の中は道らしい道もないかわりに、川沿い以外は大きな起伏もない。木が密集している場所を避ければ背負っている荷物を下ろしたその場が食堂に早変わりだ。

生まれた時から城で生活しているクレイデルやリトは最初のうちこそ地べたでの食事に慣れなかったけれど、今となってはそのほうが楽な気さえしてきた。

「……では俺は、周辺の警らに行ってくる」

リトが食材の詰まった荷物を下ろして敷物を用意し始めると、いつものようにロゥが言った。

ロゥはクレイデルやリトと一緒に食事をすることがない。

それはこれだけ森を一緒に歩いてきて、すっかり慣れ親しんだつもりになってきていても変わらない。

騎士は王子と同じ食卓に着くべきではない――とロゥは言うけれど、それはただの建前だ。鎧を開かなければ食事をすることができないからだろう。

「あ、あの……ロゥ。しっかり食事はされてますか？」

空腹で動けなくなっている様子もないから、食事はしているのだろう。それでも、つい心配になってリトは素顔を決して見せることのないロゥを仰いだ。

騎士に周辺を警戒させることは正しいのかもしれない。ロゥのことだから警らに行くと言ったら本当にしているのだろう。そうしながら道すがら木の実を獲って食べているのかもしれない。

だけど、それならば一緒に食事ができたらいいのに。

森の中とはいえクレイデルに粗末なものばかり食べさせるわけにはいかないからと、リトは城からある程度の食材と調味料は持参してきた。火をおこして調理もしているし、城の調理師ほどではないけれどそれなりの食卓にはなっているはずだ。

温かい食事をロゥと囲めたら、きっとクレイデルは喜ぶだろう。

「――すまない」

顔を逸らしたロゥが小さく呟く。

「いえ……こちらこそ、いつも安全を確保していただいて、ありがとうございます」

森の中で調理をすれば、食べ物の香りに誘われて山賊の類《たぐい》が現れてもおかしくないところを、暢気《のんき》に食事をしていられるのはロゥのおかげだ。

でもそれは、ロゥの休憩を犠牲にしているのに。

リトはもやもやする胸のうちを抑えながら、お礼の気持ちをこめて頭を下げた。

「ぼく、ごはんができるまでロゥといっしょに森のけいらしてくる！」

「えっ」

下げた頭を一瞬ではね上げると、ロゥもぎょっとしたようにクレイデルを見下ろしていた。

ロゥとつないでいた手は、確かにずっとそのままだった。

むしろ、ぎゅっとさらに力をこめられたようですらある。

「いえ、あの、ロゥは危なくないように警らに行ってくれるのであって……遊びに行くんじゃないですよ？」

「ああ、危険な目に遭《あ》うかもしれない」

ロゥも黙ってはいられなかったのだろう。クレイデルの手をほどこうともう一方の手を添えながら思わずといったように声を出した。

「でも山ぞく？　とか、出てきたことないでしょ？」

「出てきてからじゃ遅い」

クレイデルの純真な視線に射抜かれたロゥの表情は相変わらず見えないのに、苦々しい表情をしているのがなんとなくわかる。

クレイデルを王子として扱いたいのに振り回されがちなロゥが可哀想《かわいそう》にも、可愛くも思えてきて、リトは少し笑ってしまった。

「じゃあ、少しだけですよ」

「えっ」

リトが笑い声を抑えながら言うと、ロゥが鎧をガシャンと鳴らしながら大きく反応した。

「ロゥがご迷惑じゃなければ」

付け足すと、クレイデルがやったと歓声をあげて、つないだロゥの手ごと振り上げる。

鎧を着けて口数も少ないから重々しい雰囲気があったはずなのに、小さな王子の手で片腕を持ち上げられてしまっているのを見るとますますおかしい。

「ロゥが一緒なら安心です。……あ、ただしご飯ができる頃には戻ってきてくださいね」

「はーい！　ロゥ、行こ」

お腹の虫があんなに大きく鳴っていたのに、クレイデルはもうすっかり探検心に火がついてしまったようだ。

有無を言わせない力でグイグイと手を引かれて、ロゥは引きずられるように連れていかれてしまった。

「ふふ……」

その後ろ姿の微笑ましさに思わず笑い声が漏れてしまう。

人間の子供とうさぎだけで森を進むなんて、獰猛な獣の山賊が出てきたっておかしくないとばかり思っていたけれど、クレイデルの言う通り、幸いなことに道中でまだ一度も遭遇していない。

知らないうちにロゥが対処してくれているのかとも思ったこともあるけれど、その様子もない。

森には危ない獣がたくさんいるからむやみに国の外に出てはいけない——とクローヴァ王国の子供は長い耳が痛くなるほど言われているはずだけれど。もしかしたらただの迷子対策だったのかもしれない。

遠くから、すっかり姿の見えなくなったクレイデルのはしゃぎ声が聞こえる。

「さて、と」

リトは今のうちだとばかりに垂れ耳を押さえる帽子を着けて調理器具を広げ始めた。

背後で草の擦れる音がして、リトは帽子の中の耳をぴくつかせた。

敷物の上にはくるみと野菜の炒《いた》め物と、薄いパン。果実をすりつぶして作ったソースをつけて、簡易的な食事は完成だ。

ちょうどよい頃合いにクレイデルたちが戻ってきたのかもしれない。さっきまで近くで甲高い声も聞こえていたし。

リトは帽子を脱いで膝の上に畳むと、揺れる草を振り返った。

「お食事の用意、できましたよ」

隠れんぼでもしているつもりだったのだろうか。リトが声をかけると、草の揺れは止まり、静けさだけが返ってきた。

敷物から立ち上がって、草むらを窺う。

「？　クレイデル王子。お食事が――」

「おなかすいたー！」

リトが草むらに手を伸ばしかけたその時、別の木陰からクレイデルが飛び出してきた。

「リト、ごはんできた？　あのね、さっきそっちでロゥのかた車ではしってきたの、すっごく速かったんだよ！」

クレイデルは頬を紅潮させながらロゥの腕を引いて興奮気味だ。

リトはその姿と、しんと静まり返った草むらを交互に見て――クレイデルに踵を返した。風で草が揺れただけかもしれない。

「ロゥ、すみません。重かったんじゃありませんか？」

「ぼくおもくないってロゥいってたもん」

ね、と無邪気に同意を求められたロゥが黙って肯く。

「王子……あまりロゥを困らせないであげてください。ロゥも、王子をあまり甘やかさないでくださいね」

リトがため息を吐くとロゥは押し黙って、クレイデルは露骨《ろこつ》に頬を膨らませた。

城にいる時は出来損ないのリトが末王子を甘やかしてばかりいるとよく言われたものなのに、ここでは立場が違う。とはいえ、リトだって本気でお説教をしたいわけじゃない。

すぐに笑って食事を始めようと促そうとした、その時――クレイデルがあっと思い出したように声をあげた。

「でもね、ぼくロゥのおかお見ちゃった」

「！」

声にならない声を漏らしたのが、リトなのかロゥなのかわからない。きっと、両方だろう。

「かた車ではしったあとでね、汗かいちゃったって……あ」

クレイデルの前にしゃがみ込んだロゥが慌ててバイザーの前で手を振ると、クレイデルも両手で自分の口を塞ぐ。

どうやら、二人の秘密だったらしい。

「――――……」

今度は膨れ面《つら》をするのはリトのほうだった。

「あ、でも、あのね、ちょっと目のところが見えただけで……」

内緒にしていたことを漏らしてしまったクレイデルを責めたいわけじゃないけれど。

リトがあんなにバイザーだけでも上げたらどうかと繰り返し言ってきたのに、ロゥは頑《かたく》なにその鎧の中を窺わせなかった。別に中身を見たくて言っていたわけじゃないものの、内緒にされるのはちょっと面白くない。

たった三人きりの旅なのに――仲間外れにされている気分だ。

「あ、あわわ……あわ、ごめん、ロゥ、ぼくひみついっちゃった……」

目に見えて唇を尖らせたリトに青褪《あおざ》めたクレイデルがロゥの鎧に縋《すが》りつく。ロゥが宥《なだ》めるようにその背中にぎこちなく手を回しているのも、仲のよさを見せつけられているような気分だ。

「いや……その、隠しているわけじゃない。必要があれば俺だって」

「別にいいですよ、ロゥの中身が気になるから脱ぐことを勧めてるわけじゃないんですから。必要がなければ着ていてくださって構いません」

つんとして言ってはみたものの、それは確かに本心だ。

表情が見えないから信用できないかも――なんてことは、もう感じなくなっている。

最初のうちこそ城の置物の鎧人形みたいに冷たいのかと思っていたけれど、今は表情なんて見えなくてもロゥのことがわかるような気がしてきているのだし。

リトの拗《す》ねた様子にクレイデルと二人でおろおろしているところなんて、鎧の上からでも手に取るようにわかる。

「さあ、クレイデル王子、食事が温かいうちに食べてください」

とんとんと敷物の上をさして呼び寄せると、クレイデルはロゥの様子を気にしながらも恐々と歩み寄ってきた。

「あ――……俺は、向こうで水浴びをしてくる。……二人も、食後に浴びに行くといい」

どことなく肩を落としたように見えるロゥは腰を上げると、暗い声で言って森の向こうを指さした。

あっちに泉があるんだよと教えてくれたクレイデルは、まだリトの機嫌を窺っているようでもある。

二人で森の中を警ら――という名の探検をして、泉を見つけてきてくれたのだろう。

リトはクレイデルを安心させるように微笑んでから、ロゥを見上げた。

「はい、気を付けて行ってきてください」

ロゥが小さく肯いて、去っていく。

どうして鎧を着ていたいのか、ロゥのような大きな体でもリトが不機嫌になったら気まずいと感じるのか、そんなことはきっと顔が見えていたって計ることはできない。

二人に仲間外れにされたことは寂しいけど、別に怒っているわけじゃない。

「さ、いただきましょう」

すっかりいつもの調子に戻ったリトが手を合わせてクレイデルを促すと、ガラス玉のような目でじっと見上げられた。

「ぼくとリトとロゥって、かぞくみたいだね」

「えっ？」

驚いて思わず上ずった声が出てしまった。

「はは上もたまに、そうやってちち上とケンカするときがあるから」

リトとロゥは喧嘩《けんか》をしたわけじゃないけれど——国王と后にもそんな夫婦喧嘩があるのかと思うと、つい笑ってしまう。

従者や大臣たちの前でそんな素振りを見せたこともない。見せるはずもないものを、こうして王子に暴露されているなんて国王たちも思ってもみないだろう。

「……あのね、ロゥの目、金いろでかっこよかったよ」

リトの表情が綻《ほころ》んだのを見て安心したクレイデルが、ほっとしたようにパンに噛《かじ》り付く。

「ロゥの目は金色なんですか？」

「うん。あんなにきれいないろの目、はじめてみた」

金色の目は、確かにリトも見たことがない。

うさぎはだいたい赤か黒茶の目で、たまに人間との混血などの理由で青い瞳の子が生まれるくらいだ。

珍しい目の色をしているから、ロゥは鎧で隠しているのだろうか。リトの垂れ耳のように。

本当のところはわからないけれどもしそうなのだとしたら、少し親近感が湧《わ》いてくる。

「……いつかはロゥも鎧を脱いで旅ができるといいですね」

大きく口を開けてパンに噛り付くクレイデルの髪を撫でて、リトは小さく呟いた。食事に夢中なクレイデルには聞こえなかったかもしれないけれど。

「王子、きちんとくるみの炒め物も召し上がってくださいね」

クレイデルのお行儀のいい返事を聞きながら自分のパンに手を伸ばして、リトもそれに噛り付こうとした、その時。

また、草むらが騒いだ。

「クレイデル王子」

今度は気のせいじゃない。

咄嗟にパンを置いてクレイデルの前に出る。

護身用に持ってきた小剣を取り出しながら、リトは垂れ耳に生えた短い毛が逆立《さかだ》つような緊張を覚えていた。

さっき葉擦れの音がしたと感じた草むらだ。

きょとんとしたクレイデルがどうかしたの、と尋ねるよりも早く――影が、飛び出してきた。

「!!」

反射的に息を詰め、ぎゅっと目を瞑《つむ》る。

今まで山賊なんて出てこなかったからと気を抜いていたことを後悔したけれど、もう遅い。

泣きそうな気持ちをぐっと堪えながら小剣を構えて、自分の背中に押し付けるようにクレイデルを引き寄せる。と、獣の唸り声が聞こえた。

「人間と——なんだ、お前？　いぬ……にしちゃ、耳が長いか」

「うさぎだろ。耳が折れちまってんのか？」

山賊は二頭、その鋭い目つきと尖った歯、頭上には尖った耳が周囲の様子を窺っている。

——いぬのならず者だ。

体は大きく、もうずいぶん長い間森の中で暮らしているのか、ひどく獣臭い。

「子供もうさぎも、柔らかくて美味《うま》そうだなァ」

山賊の喉が鳴る。

手にはリトが持っている小剣よりも大きな、鉤爪《かぎづめ》状のナイフが握られていた。

「リト」

腕の中に抱きしめたクレイデルが震えた声をあげた。あまりの恐怖に、それに返事をすることもできない。

うさぎは、弱い種族だから他の国の種族から蹂躙《じゅうりん》されてきた歴史がある、という。だから人間と手を取り合ったのだけれど——今は、リトがクレイデルを守らなければいけない。

剣を振るうどころか、指一本まともに動かせそうにないけれど。

「こんな森深くでランチかぁ～？　俺らのランチになっちまいそうだけどな」

「そう怖がんなって～。そもそも、この森にお前らだけで来たことが自殺行為だろ？」

わざと怯《おび》えさせるようにじりじりと近付いてくる二頭の山賊たちが、野卑《やひ》な笑みを浮かべながら値踏みするような目でリトの顔を舐めるように見る。

リトは短く息を弾ませながら、恐怖で体が冷たくなっていくのを感じていた。

せめて、クレイデルだけでも逃がす方法を考えなければ。そう思うのに、ちっとも頭が働かない。

「……ぼくたちだけじゃない」

腕の中で、小さくクレイデルが呟いた。

震えた声で。

「！」

ハッとして顔を上げる。

ロゥが向こうで、水浴びをしているはずだ。彼だけで二頭ものならず者をどうにかできるのか、わからないけれど。その時はリトも勇気が出てくる気がする。

「——ロゥ……っ、」

声を振り絞って、助けを呼ぶ。最初は掠《かす》れてしまったけれど、山賊が訝《いぶか》しんだその隙《すき》に大きく息を吸い込む。剣を握る手に力をこめて、もう一度その名前を叫ぼうとした時——

「それ以上その人に近付くな！」

枝が爆ぜるような音とともに——光が駆けてきた、と思った。

山賊があっと声をあげる間もなく、飛び出してきた騎士の剣が閃《ひらめ》いて骨を打つような大きな音が聞こえた。刃の擦れる音。悲鳴。飛沫《しぶき》。

凄惨《せいさん》な場面を見てしまわないようにリトが必死にクレイデルをぎゅっと抱きしめている、その瞬間にすべての片がついたようだった。

引き攣った声をあげて山賊たちが逃げていく。

「――……っ」

まるで一瞬の嵐のような騒々しさから一変して、急いで駆けつけてくれたのだろうロゥの息遣いだけが辺りに聞こえる。

リトは震える息をしゃくりあげながら、おそるおそる目を開いて顔を上げた。

「ロゥ、ありがとうございま……――」

そこには、水に濡《ぬ》れたままの――一匹のおおかみの姿があった。

＊　　＊

「――とある人に恩義があり、クローヴァ王国に仕えている。……命を賭《と》して恩を返すためだ。他意はない」

白銀の毛並みに覆われた肉厚な三角耳。大きな尻尾《しっぽ》に、ごつごつした掌と伸びた爪。

水浴びの途中で駆けつけてくれたロゥは、申し訳程度に着けてきたシャツもびしょびしょに濡れていて、うさぎとは比べ物にならないほどの逞《たくま》しい筋肉が透けている。

「ロゥ、おおかみさんだったんだ……」

さっきまで青い顔をしていたクレイデルは目を丸くしてロゥを見上げ、感嘆の息を吐いた。

「……おおかみであることが知れたら、面倒だ。だから、鎧を着ていた」

濡れた尻尾は二本の足の間に入り込みそうなほど垂れ下がって、耳も萎《しお》れている。それを興味深そうに眺めたクレイデルはロゥの周りをぐるぐると回った。

いぬの仲間はみんな尻尾や耳で感情がわかるらしいとは聞くけれど、うさぎにはよくわからない。それが本当に嘘《うそ》のつけないものなのかどうかも。

「騎士の皆さんはご存知なんですか」

ロゥが首を振る。

伏せられた目の色は確かに金色をしている。おおかみならば、金色の目でも珍しくない。

勝手に親近感を覚えていただけだけれど、リトは自分の垂れた耳に触れて重い息を吐いた。

「知っているのは、騎士団長だけだ」

騎士団長はロゥの正体を知っていて、入団を許したということか。そうでもなければ常に鎧を着けていることとなんてできないだろうし。

そういえばロゥは騎士団長に拾われて育てられた子だという話だから、団長への恩を返すつもりで騎士団に務めているのかもしれない。

——とはいえ、おおかみといえば獰猛で有名な種族だ。うさぎのみならず、歴史上おおかみに攻め入られた国は多い。

ロゥが悪意を持ってクローヴァ王国に滞在しているとは思えないけれど。

「リト……！」

クレイデルの震える声に、考えあぐねて伏せていた顔をハッと上げる。

すると。

「リト、みてみて！」

ロゥに背負われたクレイデルが白銀の耳をもふもふと触っていた。

おおかみの背中に無防備に乗るクレイデルに飛び上がって思わず手を伸ばしかけるけれど、どうしていいかわからない。

ロゥだってクレイデルに勝手によじのぼられたのだろうし、それに——ロゥは知らない人ではない。

それでも初めて姿を見るおおかみの姿に、どう接していいかわからない。

「お、王子！　もふもふしてはいけません！」

「俺は構わないが」

「し、しかし」

クレイデルは人間で、毛のない丸い耳しかないから昔からリトの耳を触るのが好きだった。他のうさぎの耳より触りやすいからだろう。

だけど、なにもおおかみの耳までもふもふすることはないのに。

「ロゥのお耳、すっごく気もちいいよ！　ほら、リトもさわってみて」

「いえ、私は……」

耳なんて、気を許した相手にしかそうそう触らせるものじゃない。おおかみの耳に触るなんてもってのほかだ。

ただ、頭上に立ち上がった肉厚の耳はクレイデルの細い指がふかっと埋まってしまうくらい毛並みがよくて、しかもくすぐったそうに時折動くものだから、確かにクレイデルが喜ぶのもわかる気がする。

まして、ロゥは自分たちを守ってくれた勇敢で忠実な騎士だ。耳を触られている今も、困惑している様子こそあれ嫌な顔はしていない。

「…………」

ずっと鎧に覆われていたロゥの顔は精悍《せいかん》で、おおかみの特徴なのか顎《あご》のしっかりしていそうな骨格と、すっと通った鼻筋、涼しげな目元が誠実そうな印象を与えた。

「……触りたいなら、触るか」

「！　い、いえ！」

気付くとぼーっとロゥの顔を眺めてしまっていた。

もしかしたら困惑させていたのはクレイデルではなくてリトのほうだったのかもしれない。

慌てて顔を背《そむ》けると、クレイデルの楽しそうな笑い声だけが聞こえてきた。

「王子、ロゥの背中から降りてください。危ないですよ」

さっきも肩車で森を駆けたと言っていたし、王子がロゥを乗り物かなにかと思っても困る。王子というものの素養として。

不自然なくらい意識的にロゥの顔から目を逸らしたままクレイデルを背中から抱いて降ろすと、王子はただの子供のように唇を尖らせながらロゥの尻尾に抱きついた。

「王子……！」

尻尾はまだ湿っているようだけれど、うさぎとは比べ物にならないほどふさふさとして大きくて、気持ちよさそうだ。

ともすれば、長年お気に入りだったリトの耳から鞍替《くらが》えされてしまいそうなほど。

これはやきもちだ。リトははっきりそれを自覚しながら、クレイデルをロゥの尻尾から引き剝《は》がした。

「――……おおかみは、恐ろしいか」

鎧を通さないロゥの声は相変わらず低いけれど、そのぶんまっすぐに聞こえてくる。

もうクレイデルに触れられていないのに耳が少し伏せられて、なんだかその頭を撫でたい気持ちにさせられるようだ。

リトが首を左右に振ると、垂れた耳が揺れる。

おおかみに会うのは初めてだから驚いたけれど、ロゥは恐ろしくない。ここまで一緒に旅をしてきて、いざという時に助けてくれることもわかっている。

「鎧を着ているのは息苦しかったでしょう？」

重かったし暑かったし、隠し事をし続けているのはきっと気も塞ぐような思いだったかもしれない。

ロゥの美しい金色の目をリトも見ることができてよかった。

また見すぎてしまわないように気を付けながらロゥの顔を窺うと、リトは改めて旅の仲間に微笑んでみせた。

「よかったらこの旅の間だけでも脱いで過ごしてください。きっとそのほうが動きやすいでしょうし……どうせ私たちにはバレてしまったんですから。ね？」

右手を差し出す。

鎧を脱いでしまえば、握手しても熱いこともないだろう。

ロゥはリトの手を見下ろして逡巡して——居心地悪そうに片耳を伏せながら、手を握り返してくれた。

鎧は持って運ぶべきかその場に置いて帰路で回収するか、話し合いの結果置いていくことになった。

「森の中に置き去りにしたら盗まれてしまったりはしませんか？」

その晩、ロゥが脱いだ鎧を草むらに隠していくと言い出してリトは少なからず驚いた。

確かにこの先使う用事のないものならば、帰路で回収すればいいのかもしれない。ロゥの正体がばれてしまった今となっては荷物でしかない。

もちろん戦闘になった時は身を守るのに有用かもしれないけれど、それならば真っ先にクレイデルに鎧を着せるべきだ。そうしないのは、ひとえに鎧があまりにも重いせいだった。

ロゥの鎧も最初はクレイデルが運んであげると息巻いていたが、持ち歩くどころか持ち上げることさえできなかった。それほど重いものなのだ。リトだって、自分が持ちますとはとても言い出せなかった。

とはいえクローヴァ王国の紋章が入った鎧は盗賊が売り払おうと思えば悪くない金額になるだろう。それこそ、鎧を着ければならず者だって王国に入り込めるかもしれない。

しかし、ロゥは心配していないようだった。

「おおかみの匂いが染みついた鎧を着たがる獣なんてそうはいない」

どこか投げやりな様子で呟くロゥの言葉に、リトは息を呑《の》んだ。

そう言われてみれば、確かに鎧を脱いだロゥからはリトがこれまであまり感じたことのない獣の匂いがする、気がする。

不快――というわけではないけれど、反射的に緊張してしまうような香りだ。たぶんこれが本能というやつなのだろう。

おおかみは怖い。

相手はロゥなんだとわかっていても、理屈じゃない部分で身構えてしまう。

しかもそれがたぶん、ロゥにも伝わっている。

だからといって気にならない素振りを完全に徹底できるほどリトは器用じゃない。思わずリトまで表情を翳らせそうになった時、傍らで眠っていたクレイデルが言葉にならない寝言を漏らしながら寝返りを打った。

「！」

ロゥが目を瞠《みは》ったのでどうかしたのかと窺うと、どうやらロゥの手をぎゅっと握っているようだ。

長い間鎧を着けていたロゥにしてみたら直接触れられることに慣れていないのだろう。

「……ふふっ」

クレイデルのいたずらはさんざん受けているはずなのに、無意識の触れ合いに狼狽《ろうばい》するロゥがおかしくて、思わず笑いがこみあげてくる。

ロゥは苦い表情で乱暴に頭を掻くだけだ。

だけどそんな些細《ささい》な表情や仕草さえ、鎧を着けていたら見ることもできなかったものだ。

ロゥがおおかみだということへの戸惑いよりも、その距離が近くなったことへの実感で心がほどけていく。

「でもたとえば、山賊がおおかみだった場合は鎧の匂いは気にならないのではないですか？」

鎧にいくらおおかみの匂いがついていたとしても。

可能性の一つとしてリトが尋ねると、ロゥは頭を掻いていた手で自分の鼻先を擦った。難しい顔で。

「……おおかみは自分の縄張りを大事にする。自分以外の匂いがついた狭い空間には入りたがらないだろう」

「なるほど」

売り物にもならなければ、自分で着用もできないものを拾うもの好きはいないということか。

それなら、置いていっても問題はないのかもしれない。

無事遺跡に辿り着いて剣を見つけ出し、帰路でロゥがこの鎧をもう一度着用する時、リトたちにどんな風景が見えているかはわからないけれど。

「じゃあ、置いていきましょうか。帰りに忘れないようにしないと」

「ああ。……鎧を着ないで帰るわけにはいかないからな」

視線を伏せてゆるゆると首を振るロゥは、ずっとこうして自分の正体を押し隠したまま過ごしてきたのだろう。

そうまでして恩を返したい相手のために。

そのためには遺跡を訪ねる旅に同行するなんていう命《めい》にも逆らえないのかもしれない。まだ幼い末王子と、垂れ耳の出来損ない従者の護衛なんてほとんど子守りみたいなものなのに。

「……でも、これからは私とクレイデル王子の前では鎧を脱いでいられますね。国に帰ってからも」

もう正体はわかっているのだから。

少しでも、ロゥが王国で気楽に過ごせるといい。

ロゥの苦労を少しでも和《やわ》らげようとして、リトは顔を覗き込みながら微笑んだ。

「―――………、」

焚火に照らされたロゥはすぐに、顔を背けてしまったけれど。

「いせきはこっちだって」

コンパス係を決して譲ろうとしないクレイデルは今日もきりっとした顔でリトとロゥに道案内をしてくれる。

アンテから簡単な地図ももらったが、森の中では目印を見つけることさえ困難だ。

道なき道を行くばかりで泉と書かれているものもどの泉なのかわからないし、川沿いの岩場と書かれていても、川沿いはだいたい岩がむき出しになっている。

今はコンパスで方角をあてにして行くしかない。

「……いや、この先は滝がある。迂回《うかい》しよう」

黙ってクレイデルの指示に従っていたロゥが、最近時折こうして道を変更するようになった。

「たき」

「水が落ちているところだ」

すん、と鼻を鳴らしながらロゥがクレイデルを抱き上げる。

とても水音なんて聞こえないけれど——鎧を脱いだことでおおかみの嗅覚があらわになったということなのだろう。

「ぼく、たき見たい」

肩車をされたクレイデルが頭上から見下ろすと、ロゥは難しい顔で耳をぴくぴくと震わせた。

「危ないから駄目だ」

「ロゥがかた車してくれていたら大じょうぶだよ」

「駄目だ」

にべもないとはこのことだろう。

ロゥがすんとした顔をして迂回路に進路を変えてしまうと、肩車されたクレイデルにはどうすることもできない。ばたつかせた足もしっかりと押さえられてしまって、クレイデルはただもの言いたげにロゥの耳をもふもふするだけだ。

以前クレイデルが自分たちを家族みたいだと言っていたけれど、確かにこうして見ているとロゥとクレイデルはまるで親子のようだ。なんだか微笑ましい。

「私も滝は見たことがないです。図鑑で読んだことはありますが……」

ロゥは滝を見たことがあるのだろうか、そう尋ねようとしてクレイデルを乗せたロゥの顔を覗き込むと——金色の瞳と目が合った。

「！」

瞬間的に、ぎくりと体が強張る。

風に乗っておおかみの匂いが漂ってきて、リトの耳の毛が少し逆立つ。

クレイデルの無邪気さに誘われて不用意に体を近付けすぎたせいだろうか。あるいは、昨日水浴びできる泉に巡り合えなかったせいか。

すぐに気を取り直したけれど——ロゥには緊張を悟られてしまった。

「あっちで川が途切れてる。あの道から抜けられそうだな」

ロゥが速度を上げ、目の前の背の高い草を分けて道を作っていく。

あっという間に背中を向けられてしまった。

前方からはクレイデルの楽しそうな笑い声が聞こえてくる。

「リト、早く早く〜」

少し離れれば、ロゥも振り向いてリトの様子を気にしてはくれるけれど。

「二人とも、ちょっと待ってください」

逆立った垂れ耳の毛をそれとなく撫で整えながら、リトは困ったように笑って後を追った。

ロゥの進んだ後を追っていけば道ができて、歩きやすい。

その代わり、強いおおかみの匂いも感じるけれど。

「……悪い」

なにに対して謝ったのか、唸るように低く呟いたロゥの口元から鋭い牙が覗いていた。それを覆い隠す掌も、どんなうさぎや人間よりも大きい。指も太くてごつごつとしていて、力強そうだ。

きっとあの手で掴まれたらリトやクレイデルなどひとたまりもないだろう。

相手がいくらロゥだと言ってもおおかみであることには違いない。

リトが理屈でなくロゥのおおかみの匂いに一瞬怯《ひる》んでしまうように、ロゥもうさぎという弱い種族を前にして衝動を抑えていたりするのだろうか。

牙を隠したロゥが垣間見せる険しい表情を見ると、そう感じてしまう。

だとしたら、リトが不用意に近付くことはロゥに対して負担になるのかもしれない。

尋ねてみたら、ロゥはなんて答えるだろうか。

無駄口をきかず、また黙ってはるか先まで道を作ってくれるロゥの背中を見つめて、リトは結局呼び止めることすらできなかった。

その通りだと肯定されるのが、なんだか恐ろしくて。

「クレイデル王子、私の背中にいらっしゃいませんか」

前を進むクレイデルの口数が少なく、息が弾むようになってきた。

その日はもう夕暮れ時に差し掛かっていて、あとは野営する場所を見つけるだけだったのだけれど。

クレイデルだけではない、リトもここまでの疲れがたまってきて、昼過ぎからリトの荷物はロゥが背負っていた。

今日は起伏の多い道が続いている。ここまでの旅でだいぶ逞しくなってきたクレイデルでも疲れてしまうのは仕方がない。

「それなら、俺が」

周囲を注意深く見回しながら離れた場所を歩いていたロゥが大股で近付いてくるが、それをむっとした顔で振り返ったのはクレイデルだった。

「ぼく、まだあるける」

このところクレイデルは見違えるほどに凛々しくなったように見える。

細い腕でぐっと大丈夫アピールをする仕草はまだ子供だけれど、城を出てからまだ一度もクレイデルが弱音を吐くのを聞いたことがない。

病弱な兄王子のことを思えばこれくらいのこと、と真に思いやっているのだろう。

リトはまた感動してしまって、クレイデルに歩み寄ると恭しく頭を下げた。

「私が王子に背中に乗ってほしいと思っているのです。……ほら、このところずっとロゥの肩車がお気に入りだったでしょう？　これは私のやきもちです」

そっと内緒話をするように身を屈めて言うと、クレイデルが一瞬目を丸くしてから、けたけたと笑い始めた。

「リト、へんなの！　やきもちだって！」

「あ、内緒話をロゥに告げ口しないでください！」

そうはいっても、ロゥの耳がなんでも聞き留《と》めてしまうことなんて折り込み済みだ。

遠くにいるロゥにわざわざ大きな声で告げ口をするクレイデルに笑顔が戻ってきて、ほっとした。

質素な食事に、毎日体力の限界まで歩いては土の上で眠る生活。気力が途切れてしまったら、クレイデルはもう一歩も歩けなくなってしまうに違いない。

道中、楽しいことや好奇心を刺激することでもなかったら苦しい旅になってしまう。

クレイデルを背負って歩くことくらいは覚悟の上だけれど、もし、疲労どころか病気や怪我に見舞われでもしたらと思うと不安になる。

それに、旅を中断するようなことになればクレイデルは本来ならば感じる必要もなかったアネモネへの罪悪感を覚えてしまうかもしれない。

「……そもそも、もう遺跡に着いたっていい頃なのに……」

クレイデルの笑い声を聞いてほっとしたせいで心がほどけて、つい夕暮れ空に呟き声を漏らしてしまった。

歩いた距離としてはもう、十分なはずだ。

先日ロゥが滝の気配を察した頃から、森には急勾配も増えてきた。古代うさぎの国は小高いところにあったと伝えられているからこの辺りだと思うのだけれど。

毎日、今日こそ遺跡が見えてくるのじゃないか、明日こそはと秘かに期待しているのに、まだ少しもその気配はない。

もしかしたら森の木々に隠されて見つけられていないだけなのか。

遺跡を通り過ぎてしまっているのじゃないか。

あるいは――本当は遺跡なんて、ないんじゃないか。

一日が終わるたびにリトはそんな不安に駆られて、無理やり目を瞑っていた。

自分が気弱になってしまったら、聡《さと》いクレイデルのことだ、リトの不安を察してしまうだろう。そうなればクレイデルも不安になるだろうし、あるいはリトを励ますために無理に元気な様子を見せるようになってしまうかもしれない。

大切に見守ってきた王子にそんな気を使わせてしまうわけにはいかない。

リトはぶるっと首を振って、雑念を追い払った。

きっと明日こそはなにか手がかりを得られるに違いない。とにかく今は、今日の野営地を探さなければ。

気合いを入れ直してぐっと顔を上げた時、不意におおかみの匂いが強くなってぎくりとした。

「ロ、」

「静かに」

いつの間にかすぐ近くまで寄ってきていたロゥが喉を鳴らすような声で言って、自身の口の前で指を立てる。

近付いてきていたのに、気配を感じなかった。

これもおおかみの特性なのか――そう思うと無意識に毛が逆立つようだけれど、それ以上にロゥの様子が普通じゃない。

ロゥはクレイデルもしっかりと抱えてリトのそばに来ていて、頭上の耳をせわしなく周囲に向けている。

「……誰かいる」

喉を詰まらせたリトが目を丸くして硬直していると、ロゥが呟いた。

クレイデルは両手で自分の口を押さえて、ロゥに促されるままリトにひしっとくっついてくる。

「山賊……ですか」

声が震える。

先日泉で襲ってきたいぬたちを思い出すと、怖くなる。

ロゥがいるから安心だという気持ちと――目の前でロゥがおおかみとして戦うところを見るのが怖いという気持ちもある。

「――いや……わからない」

「わからない？」

ゆっくりと腰を低くしながら臨戦態勢に入っていくロゥの姿は、彼がおおかみだということを思い知らされるようだった。

自分たちは守られる対象であるはずなのに、緊張してしまう。

リトはクレイデルの体をぎゅっと抱きしめた。

「相手は、武器を持っている。……おそらく」

ロゥが鼻の頭に皺を寄せて牙をむき出しながらそう言った瞬間、近くの木がうねった。

「！」

即座にロゥが反応して素早く飛びかかる。金属音が森に鳴り響いた。

ロゥが抜いた剣と、賊の武器がぶつかったのだろう。一瞬火花が散ったのか、目の前が明るくなったような気さえした。

「何者だ」

ロゥの抑えた声を受けた賊は黒いフードをかぶっている。得物は、ロゥと同じような長い剣。確かに山賊が持ち得ないような、立派なものだ。

「――……ヒヒッ」

フードを目深《まぶか》にかぶった賊はロゥの問いかけに応えることもせず、短く笑う。

得体の知れない不気味さにロゥも警戒しているのが伝わってきて、リトも小剣を手に取った。ロゥが負けるとは思わないけれど。

腕の中のクレイデルが微かに震えている。

「大丈夫ですよ、王子。大丈夫……」

そっと腕の中の主に囁《ささや》きかけながら、まるで自分に言い聞かせているようだ、と思った。

大丈夫。きっとこの間のようにすぐにロゥが追い払ってくれる。

「――！」

先に動いたのはロゥだった。牙をむき出しにして、低い体勢から斬りこむ。賊は怯む様子もなくそれを素早く受け止めて、ロゥの剣を弾《はじ》き返した。

強い。

ロゥの力はおおかみのそれで、さらに勢いをつけられたらなかなか受け止めきれるものじゃない。

賊は何者なのか――少なくともおおかみに匹敵するような種族なのだろう。どうしてそんな者が賊にまで成り下がっているのか。

フードの中が少しでも見えたら手がかりになるかもしれないのに。リトが身を沈めて目を凝らそうとした時、頭上で甲高い音がした。

「！」

反射的に頭上を仰ぐと、そこには翼を広げた賊の姿があった。

「とり……!?」

種族まではわからない。ただ、藍色に染まった空に浮かび上がった姿はリトの背筋を凍らせた。

賊が二頭いるというだけでも面倒だというのに、空中から攻撃されたらロゥでもなす術《すべ》がない。

ロゥも空の賊には気付いたようだ。しかしその時にはもうフードの男が飛びかかってきていて、その剣を受けているので精いっぱいだ。

とりは一声高く鳴いて、低く飛び込んできた。クレイデルを抱きしめたリトの頭上を掠めて、斬り合いを続けるロゥたちのほうへ向かってはこちらに戻ってくる。

「……っ王子、目を瞑っていてください！」

リトは奥歯を噛《か》みしめて、剣を握る手に力をこめた。

耳の毛が逆立って、全身がピリピリとする。

瞬《まばた》きも忘れて、悠々と風に乗って頭上を旋回するとりをにらみつける。

ハヤブサか、タカかワシか。どちらにせよ大きな体のとりで、その嘴《くちばし》にかかれば命の危険がある。

ただ空中から物を盗むような賊ではないということだ。

ロゥがフードの男をどうにかしてくれているなら、とりはリトが始末するしかない。クレイデルを守りぬくために。

とりは頭上の安全地帯から次の攻撃のタイミングを見計らっているようだ。

激しい剣戟《けんげき》の音が聞こえてくるけれど、もうロゥの様子を見ている暇はない。リトは自分たちを嘲《あざ》笑《わら》うようなとりの動きに集中して、呼吸を整えた。

「大丈夫です、王子のことは……絶対に守ります」

耳だけじゃない、全身の毛が逆立つようだ。

五感が研ぎ澄まされて、とりがこちらを見下ろす視線も、そばで戦っているロゥの息遣いも感じられるような気がする。

小剣を握る指先が熱くなって、刃の先までが自分の体の一部になったみたいに感じた。

とりが両の翼の向きを変える。

もう半周、回り込んだらまた降下してくるつもりだ——そう思った。

自然と気持ちは穏やかだった。呼吸もいつも通りで、ただその時が来たら動く、そう決めていた。

心の中で静かにカウントする。とりは何食わぬ顔をして飛んでいるつもりだろう。だけど、次の動きはわかる。

果たしてリトの思う通りにとりが嘴を下にして、まるで落下するような速度で降下してきた。リトたちに向かって。

「……！」

息を詰めたのは、一瞬。小剣を投げるその時だけだった。

力をこめてとりに向かって剣を放った指先から、火花が散ったような気がした。気のせいだっただろう。ただ、次の瞬間には肩に刃を受けたとりが叫び声をあげて地面に落下した。

「よくやった」

気付くと、ロゥもフードの男を打ち倒した後だったようだ。すぐに落下したとりのもとに駆けつけてその翼で二度と空を飛べないように剣を突き刺す。

辺りは驚くほど静まり返って、まるで何事もなかったかのように夜が訪れようとしていた。

息が、上がっている。

最中は自分でも驚くほど冷静なつもりだったけれど、そう感じていたのがもう極限の状態だったのだろう。

とりあえず縛り上げるためにロゥがとりとフードの男を引きずっていくのを呆然《ぼうぜん》と眺めながら、リトはずるずるとその場に座り込んでしまった。

「リト、大じょうぶ!?」

泣きそうな顔のクレイデルが心配して、今度はリトをぎゅっと抱きしめてくれる。

その小さな背中を抱き返しながら、リトは大きく息を吐いた。まだ手が痺《しび》れているような気がする。

「ええ、大丈夫です。……王子がご無事で、よかった」

クレイデルさえ守れればリトはそれだけでいい。

自分が傷付くようなことがあったとしても、クレイデルさえ無事なら。

緊張のせいかいまだに震えている手で何度もクレイデルの背中を撫でて、リトは少し近くの木に凭《もた》れかかった。

あのフードの男ととりは、仲間だったのだろうか。別々の種族で組んで賊をしているなんて聞いたこともない。

うさぎと人間で建国したクローヴァ王国が異質と言われていて、こうしておおかみとうさぎと人間で旅をしているのもだいぶおかしなことだけれど。

それに、あの剣——よく手入れのされた、立派なものに見えた。

ただの賊じゃない。ロゥも予感していたけれど、今ならリトもそう思える。

草を踏む足音が聞こえて、反射的にクレイデルを抱き寄せる。音のしたほうをにらみつけると、賊を縛り上げたロゥが戻ってきたところだった。

「ロゥ！」

ほっとして力を緩めたリトの腕の中からクレイデルが飛び出して、ロゥに飛びつく。

「ロゥ、あの賊は……」

片腕でクレイデルを抱き上げたロゥは、黙って小さく首を振った。

自害した——ということか。リトは喉を鳴らして、拳《こぶし》をぎゅっと握りしめた。

ますます、ただの賊ではない。

守らなければいけないものがあるから自害するのだろう。つまり——依頼者がいる、ということだ。

いったい誰がこんなこと、と困惑する気持ちがないことに、狼狽した。

だって、リトたちが森にいることを知っているのは二人しかいない。

賊に対峙《たいじ》している時よりも胸が騒いで、呼吸がしにくい。ロゥを気遣ってあどけない表情を向けているクレイデルの顔をまともに見ることができない。

まさか、クレイデルごとどうにかしようと思っていたわけじゃないだろう。そうであってほしい。

そもそもロゥのおおかみの匂いで賊が近寄ってこないくらいなのに、彼らは迷わずロゥにも剣を向けてきた。

つまりロゥの正体も知っていて送り出されているということだ。

「――――……」

血の気がさっと引いていく。眩暈を覚えて額《ひたい》を押さえると、その指先が冷たい。

「平気か」

気遣わし気な声とともに、おおかみの匂いが近付いてくる。

リトは弾かれるように顔を上げると、引き攣った笑みを浮かべて見せた。

まだ全身から緊張が解けていない。時が過ぎれば落ち着くのか、刺客を差し向けられているという疑惑のせいなのか――それともこのおおかみの匂いのせいなのかもわからない。

「だ、大丈夫です。すみません、ちょっと疲れがたまって……るんでしょうか。ひとまず今夜の野営地を探しましょう」

リトが手を掲げて立ち上がる素振りを見せると、ロゥもそれ以上は近付いてこない。

心配そうなクレイデルに微笑みかけ、膝についた土を払いながら立ち上がろうとして――ぐらりと、世界が反転した。

「リト！」

初めて聞く、ロゥの大きな声。

まるで遠吠えのようだと思いながら、リトは意識を手放した。

水音が聞こえる。

いつまでたっても慣れない硬い土の感触にハッと目を覚ますと、辺りはすっかり夜になっていた。

「……気が付いたか」

「ここは――」

上体を起こそうとすると、やんわりと肩を押さえられた。仄《ほの》かな月明かりに照らされたロゥの顔を見上げると、困ったような顔をしている。

「悪い。気を失っていたから、……ここまで背負った」

いつの間にか、平らで野営しやすい場所に移動していたようだ。川も近くにあるのだろう。

肩を押さえた手がすぐに離れて、ロゥはそばに座り込んでいた腰も上げようとしている。

ずっとリトの中でくすぶっていた疑惑が確信に変わるようで、気持ちが塞ぐ。弱っているうさぎなんて、おおかみの本能からしてみたらかっこうの餌食に決まっている。

だけどリトやクレイデルを傷付けまいとしてロゥはいつも距離を取ってくれているのだろう。そんな彼だから信頼できると感じているのに、いつもロゥは遠い。

「クレイデル王子は」

「無事だ。よく眠ってる」

咄嗟に引き留めようとして尋ねたけれど、リトが気にすることなんて想定済みだったとでもいうように答えて、ロゥが立ち上がる。

「ロゥ」

後ろ手をついてゆっくり体を起こすと、まだ体がふらつく。

こんなことではいけないと自分を奮い立たせるように起き上がると、額から濡れた布が落ちた。

「……温《ぬる》くなってしまっただろう、冷やしてこよう」

立ち上がったロゥが、慎重に――リトを怖がらせないようにゆっくりと身を屈めて、手を差し出す。

リトは拾い上げた布と、ロゥの大きな掌を交互に見た。

「これは……ロゥが？」

大きな掌だ。

暗くてよく見えないけれど、日頃から剣を握っている手は硬く、ごつごつとしているはずだ。

それはおおかみの振るう暴力的なものではなくて、騎士としてクローヴァ王国を――そしてクレイデル王子とリトを守ってくれた手だ。

気を失う寸前、リトを呼ぶ大きな声を聞いた。

クレイデルじゃない、ロゥのものだ。

糸がぷつりと切れるように倒れこんだはずだけれど体のどこも痛まないのは、ロゥが支えてくれたからかもしれない。

「――……」

体温を吸った温かい布をぎゅっと握りしめると、ロゥがそれを促すように手を揺らした。

無理に奪い取ることはしない。だけど、ずっと身を屈めて待ってくれている。

「気が付くまで、そばについていてくれたんですね」

リトの目が覚めたら、もうしゃがみ込みもしない。

「……おおかみの匂いも、虫よけ程度にはなるからな」

低く、唸るような声。

リトは首を竦めて苦笑した。

確かに、あんな賊がまたいつ現れるか知れない。

「…………」

フードをかぶった男の振りかざした剣の光が脳裏をよぎって、リトは背筋をぞくりと震わせた。

あれは賊――じゃない。刺客だ。

業《ごう》を煮やしてリトの握りしめた布を取り上げようと、ロゥがそっと手を伸ばしてくる。端をつままれて強く引かれると、あっという間にすり抜けていってしまう。まだ手に力が入らない。

「……こんなふうにされるのは初めてで」

布を取り上げられて濡れた掌を開くと、リトはぽつり、と零《こぼ》した。

「こんなふう？」

「怪我をしたり、体調を崩したり……自分が動けなくなった時に、助けてもらうのは初めてです」

ロゥが息を呑んだのがわかった。

小さな時から、高熱を出しても兄弟には見向きもしてもらえなかった。

母親は早くに亡くなり、父は国王に仕えて家族を顧《かえり》みない人だ。

兄弟で助け合って生きていけるだろうと父はよく言っている。事実兄弟仲はよく、助け合いもすれば切磋琢磨《せっさたくま》もして、王家の従者であることを誰からも認められる一家に育った。

ただ、リトだけは別だ。

リトは兄弟のうちには入っていない。

垂れ耳の兄弟なんて要らない、そんなものはいないとずっと言われ続けてきた。

国王や父の手前、城内では兄弟のように扱われてきたけれど。

おかしな耳だと笑われているうちはまだいい。やがて兄弟も従者として王子や姫に仕えるようになると、リトなどそこに存在しないものとするようになった。

リトなんていない。

だからリトが倒れようと寝込んでいようと、誰が気にするはずもない。

「私は……クレイデル王子が生まれてくるまで、生きてもいないようなものでしたから」

「………」

ロゥは相槌《あいづち》を打つでもなく、しかし布を持って川に向かうこともせずにじっとこちらに耳を傾けてくれている。頭上の三角の耳を。

「クレイデル王子のおかげで、私はここにこうしていられる。だから、王子を無事に城に帰すことができるなら……私はどうなっても構わないんです。命を懸《か》けても、王子を」

クレイデルの寝息を振り返ると、しっかり夜具をかけて眠っている。

この夜具も、ロゥが準備してくれたのだろう。

礼を言おうとして視線を戻すと、押し黙ったままのロゥがその場に腰を下ろした。少し、怒っているようにも見える。あまり表情が変わらないからよくわからないけれど。

「ロゥ？」

「……命を懸けるのは、俺だ」

重い口を開いたロゥが、寝ている時も身につけたままの剣の柄を握りしめる。それは、騎士の誇りだ。

「俺が、王子も……お前のことも、無事に国へ帰す。だから心配するな」

絞り出すような声で言ったロゥが厳しい表情を浮かべているのがなんだかむず痒くなって、リトはおかしくもないのに少し笑ってみせた。

「でも、最初は嫌だったでしょう？　小さな王子と、こんな出来損ないの――」

「出来損ない？」

月の光のせいだろうか。ロゥの金色の目がギラリと光ったような気がして、リトは思わず身を竦ませた。

「――お前は出来損ないなんかじゃない。今日だって立派に王子を守っただろう」

「でも、その後倒れてロゥに迷惑を……」

「迷惑だなんて思ってない」

怒ったようなロゥの強い口調に、返す言葉を失ってリトは口を噤んだ。

怒られているけれど、怖くはない。不必要なほど自嘲したことを恥ずかしいと思いはしたけれど。

「むしろ、お前の疲労状態を気遣えなかった俺の失態だ。すまない」

「そんな……！」

頭を下げるロゥに驚いて手を伸ばしかけると、いち早くそれに気付いて避けられてしまった。

宙を掻いた手が、力なくリトの膝の上に落ちる。

「これからは決して無理をしないと誓ってほしい。必要があれば、王子もお前も一緒に背負うことくらいわけはない」

逞しい胸に掌をあてがったロゥは真剣だけれど、リトとクレイデルを一緒に背負ったロゥの姿を想像するとちょっとおかしくなってしまう。

リトが肩を震わせて笑うと、ロゥも少しほっとしたようだった。

なにからなにまで、気を使わせてしまった。

でもこの不器用な優しさがこそばゆくて、なんだか照れくさい。

自分が守られるなんて、初めてで。

「まあ、ちょっと俺は——……おおかみくさい、かもしれないが」

リトが気恥ずかしさで顔を伏せているとそれをどう感じたのか、ロゥがばつの悪そうな声で言うので思わずえっと声をあげそうになった。

顔を上げるとロゥが掌で口元を覆っている。やはり牙が気になるのだろうか。

おおかみの牙がまったく怖くないなんて言ったら嘘になるけれど。

リトはそっと地面に手をつくと、寝具から身を乗り出してロゥとの距離を詰めた。

「最初、ロゥと旅をすることになった時……少し、恐ろしかった。顔の見えない人でしたから」

「それは、そうだろう」

リトが近付こうとすると、ロゥが訝し気に身を引こうとする。立ち上がって逃げられてしまわないように膝に手をかけると、ロゥが目を瞠った。

「鎧を解いた姿は美しかったのですが……私はおおかみに慣れていないので、やっぱり、どこか緊張しています」

「当然だ。おおかみを好きな種族なんていない」

リトのほうから近付いても極力上体を反らして離れようとするロゥを見ていると、なんだか可愛く思えてくる。

「みんな誤解してるんです」

おおかみだから恐ろしいわけでも、うさぎだから心優しいわけでもない。

リトが暗に言ったことを察したようにロゥが言葉に詰まった。リトが首を竦めながら鼻を鳴らすと、夜風に混じったおおかみの匂いが胸に流れ込んできた。

ロゥが言う通り、近付けば近付くほどおおかみの匂いは強くなる。

だけど、嫌いな匂いじゃない。

慣れていないけれど、あたたかい匂いだ。

ロゥは自分を傷付けない。兄や——シュリーチカよりもずっと、安心する。

鼻を鳴らして近付くリトの肩を押さえたロゥが動揺しているのがわかる。うさぎなんて力任せに突き放してしまえるはずなのに。

それでなくてもリトは今、ロゥの逞しい胸に手をついてでもいなければすぐに倒れこんでしまいそうなほどふらふらしている身だ。それなのに、ロゥはおっかなびっくり触れてくるだけで。

「だから、俺に近付くとおおかみの匂いが——」

「ロゥもうさぎの匂いは苦手ですか？」

「！」

ぎょっとしたようにロゥが目を丸くすると、なんだかその表情が幼く見えてリトはますます近付くのが怖くなくなってきた。

「いや——」

「うさぎを見ていると暴力的な気分になる、とか」

普通なら、こんな無礼なこと聞けない。もしかしたら今は普通じゃないのかもしれない。

ロゥだって普通のおおかみじゃないし、リトだって普通のうさぎじゃない。今日は月がきれいだし、頭もまだくらくらしている。

ロゥのおおかみの匂いに鼻をすり寄せていると、なんだか酔ったような気分にさえなってくる。

「暴力的な気分……には、ならないな」

しどろもどろと口を開いたロゥの唇の中に鋭利な牙が見える。

研ぎ澄まされた剣が凶器であると同時に芸術品のように美しいのと一緒で、ロゥの目も牙も逞しい胸も、大きな掌も美しい。

「私がおおかみの匂いに本能的に身構えてしまっていたように、ロゥもうさぎの匂いを嗅ぐと心が乱されるのかと」

ロゥの胸に顔を寄せて、もう一度大きく息を吸い込む。

なんてことはない。

慣れてしまえば、これはおおかみの匂いじゃなくてロゥの匂いでしかない。

こんな不躾《ぶしつけ》なことをしているのにリトの肩を押し返しもできない優しいおおかみの匂いだ。

「うさぎの匂いで心を乱される、ことはない。そんなことではクローヴァ王国ではやっていけない」

「それもそうですね」

いくら鎧を隔てているとはいえ、クローヴァ王国にはうさぎの匂いが充満している。

鼻のいいおおかみであるロゥからしてみたら、うさぎの匂いなんて慣れっこかもしれない。

リトだって、もうロゥの匂いに慣れてしまった。

こんなに体を寄せていてもおかしくて笑ってしまえるくらい、緊張しなくなっている。

「うさぎの匂いは、気にならないが……、……その、近すぎる」

宥めるようなロゥの手が心地よくて、リトはまた体が重くなっていくのを感じていた。

従者になってからはクレイデルの天真爛漫《てんしんらんまん》さに救われることばかりだけれど、ロゥの手の温かさはクレイデルとも違っていて。

つい、甘えてしまいたくなる。

「……すみません、不躾すぎましたか」

とはいえ、さすがにちょっと羽目を外しすぎたかもしれない。

ロゥの困惑した様子を窺うと申し訳なくなってきて、身を起こす。知らない間に体のだるさに任せてずいぶん凭れかかってしまっていたようだ。ロゥがあまりにもびくともしないせいで気付かなかった。

ロゥの胸に手をついて、体を離す。

と、視界がぐにゃりと歪《ゆが》むような感覚に襲われて、思わずその場に崩れ落ちそうになった。

「……っ」

「リト」

さっきの、吼《ほ》えるような声じゃない。そっと掌で掬《すく》い上げるような声で呼ばれたかと思うとリトは再びロゥの腕の中に納まっていた。

「……すみません」

頭まで血が回っていないような、脱力感がある。

こんな状態でおおかみの腕の中にいるというのに、もう少しも緊張感がなくなっていた。

「——……なにを笑ってる」

「ふふ」

目が回っているというのに気持ち悪さはなく、ロゥの腕に身を預けていると頬が緩む。

リトが一緒にいて安心できる相手は、クレイデルだけだと思っていた。もうずっと。

「ロゥのそばにいると、安心します」

ほうと息を吐き、目を瞑る。無防備に体を任せたリトを見下ろして、ロゥはやっぱり困惑している。牙でもむき出して嫌がって見せてくれたら、貧弱なうさぎは怖がったかもしれないのに。

「俺はおおかみだぞ」

「いいえ、あなたはロゥです」

怪訝《けげん》そうに眉を顰めながらも、ロゥはリトの前髪を撫で分けて濡れた額を確認している。リトの奇行を体調のせいだと思っているのかもしれない。

「おおかみの、ロゥだ」

額の熱を計って様子を確認したロゥは呆れたように付け足して、リトを元の夜具の上へ運んでいく。

もう月は高く昇っていて、今休まなければ明日に差し支えるだろう。

刺客が現れようとどうであろうと、今は遺跡を目指すしかない。本当に存在するのかどうかさえわからなくても。

「……ロゥ」

リトを夜具の上に預けると、ロゥは落としてしまった布を拾い上げて川へ戻ろうと背を向ける。リトは慌ててその尻尾に手を伸ばした。

リトの指がふかっと沈んで、包み込まれるような安心感があった。

「お前な……」

ロゥはまるで子供が増えたかのように苦い顔をしていたけれど。それでも、リトの手を振り払ったりはしない。

リトはロゥの優しさをいいことにふわふわの尻尾を手繰り寄せて顔を埋めた。

「――……遺跡は……本当に、ありますよね」

尻尾の中で呟いた声は低くくぐもって、夜の露《つゆ》になって消えた。

夢を見た。

夢の中のリトは今のクレイデルよりも幼くて、垂れた耳を揺らしながら明るい森の中を歩いていた。

あっちじゃない、こっちじゃないと花の咲いた道を歩く。

夢の中では森は少しも怖いところじゃなくて、兄弟の目のある家や冷たい城の中よりもずっと温かくてのびのびと過ごせる場所だった。

「ねえ、あそこに実がなってるよ」

透き通った木の葉を仰ぎながら歩いていたリトが赤い実を見つけて指さすと、隣で本当だ、と声がする。

「とってきてあげる、リト。いっしょに食べよう」

お日様の光みたいに暖かくて優しくて、大好きな声。

なんだかひどく、懐かしい。

そばにいると落ち着いて、楽しくて、大切な、大切な友達。

この子のことをリトはよく知っている。知っている気がした。

そうだ。名前は、確か――……。

＊　＊

「リト！」

太陽の眩《まぶ》しさでリトが目を覚ますと、視界に真っ先にクレイデルの顔が飛び込んできた。

「クレイデル王子……」

「よかった、リトおきたぁ……」

泣きそうな顔をしているクレイデルの柔らかな頬に手を伸ばすと、太陽の温かさが移ったかのようにリトの気持ちをほどけさせる。

「すみません、ご心配をおかけしました」

なんだかずいぶん長く眠ってしまっていたようだ。

ゆっくり体を起こすと背中が固まってしまったみたいに骨が鳴る。大きく伸びをして息を吐き出すと、クレイデルが安心したように呆《ほう》けた顔でリトを仰いだ。

太陽も眩しいはずで、すっかり高くなっている。

「リト、もう大じょうぶ？　いたいところない？」

「ええ、怪我はありません。……すみません、昨日は驚かせてしまいましたよね。ちょっと疲れが出ただけです。たくさん休んだので、もう元気もりもりです」

リトが両手をぐっと握りしめて身構えて見せると、それに反してクレイデルが瞳を潤ませた。

「王子」

「リト、すごくつかれてたんだね。ぼく、気がつかなくて……ごめんなさい」

揺れる視線を伏せたクレイデルの髪に手を伸ばすと、小さな主は胸にぎゅっと抱きついてきた。

「こんどから、ぼくがリトをまもれるように、がんばるから……」

「ありがとうございます。私は優しい主を持つことができて幸せ者ですね」

腕の中の頭をゆっくりと撫でて、今はまだ小さい背中まで撫で下ろすと、クレイデルが小さく首を振る。

本当に優しい王子だ。

アネモネを助けるための旅で、リトを倒れさせてしまったことが本当に堪えたのだろう。申し訳ないと思うと同時に、いじらしさで胸がいっぱいになる。

「王子、私は王子を賊からお守りできたことを誇りに思っているんです。ですから、従者の手柄を褒めてください」

「……やだ」

「えっ」

思いもよらない拒絶に思わず抱きしめていた腕を緩めると、涙目のクレイデルが唇を尖らせて顔を上げた。

「だってぼくがほめたら、リト、またがんばりすぎちゃうでしょ。だから、ほめない」

ぷいっとそっぽを向いて怒った素振りを見せるクレイデルを見下ろして、リトはしばし言葉を失った。

従者は主のために消耗して然《しか》るべきだと思っていたのに。

アンテのように王子の執務をサポートできるわけでもない、リトはただクレイデルの遊び相手をしているだけだなんて言われているくらいなのに。

「……でも、ありがとう」

そんなリトにも微笑みかけてくれるクレイデルだからこそ、命を懸けられると思ってしまう。

「王子……」

リトが居住まいを正して、この誇らしい主に敬意を示そうと頭《こうべ》を垂れようとした時。

近くの草むらが揺れた。

「！」

「ああ、起きたか」

咄嗟にクレイデルを抱き寄せようとすると――顔を覗かせたのは、ロゥだった。

それも、上半身裸で。

「!!!」

昼過ぎの眩しい太陽の下で、騎士の鍛錬による逞しい胸板があらわになっている。

いくらおおかみであることが知られたからといって、そんなにしっかりとした体を露出する必要はないのに。

いつも鎧を着けているせいなのかそれともおおかみだからなのか、肌の色は白いけれど引き締まった体は日の光に照らされて筋肉の影ができて――

「っ、！」

無意識にその体を凝視していたことに気付いてリトは慌てて顔を伏せた。まるで城の大広間に飾られる芸術品みたいなロゥの体はひどく美しいけれど、なんだかすごく目に毒だという気がする。

自分でもわからないけれど教育上よくない気がして、従者として主の視線を遮ろうとすると、その腕の中からクレイデルがするりと抜け出した。当然、行先はロゥのもとだろう。

「く、クレイデル王子！」

ロゥの体から精いっぱい顔を逸らしながらクレイデルを呼び戻そうとあげた声が掠れる。

顔が熱くなって、なんだか呼吸もしにくい。

「ロゥ。リト、おきたよ」

「ああ」

いつものように無邪気に駆け寄ってきたクレイデルを、ロゥはやっぱりいつものように撫でているだけなのに。

なんだか、胸がむずむずとする。

「ロ……っ、ロゥ、どうして、服を」

顔を背けながら尋ねると、どうやら穫りに行っていたらしい木の実をクレイデルに預けたロゥが視線をこちらに向ける。

何故だか、ロゥがクレイデルからリトに意識を向けると少しだけほっとした。

「ああ、木の実を穫りに行くのに服を置いておけば山賊は寄ってこないかと思ってな。念のためだ」

そう言ってロゥが指さした先、リトの夜具の近くに服が畳んで置いてあった。

確かに、おおかみの匂いがするものが置いてあれば用心深い山賊は寄ってこないかもしれない。

リトとクレイデルのためにお守りとして服を脱いでいくなんて――無防備すぎる。

「……っ、早く着てください！」

服を鷲《わし》摑みにして、ロゥのほうへと投げつける。

ろくにそちらを見ていなかったからロゥまでは届かなかったようで、クレイデルが服を拾いに来る足音が聞こえた。

従者なのに主に騎士の服を拾わせるとか、もうなにがなんだかわからない。頭が混乱して、ぎゅっと目を瞑っていてもロゥの肌が瞼《まぶた》の裏をちらつくようだ。

「リト、まだおねつあるの？」

不意に近くでクレイデルの声がして目を開くと、小さな手が額に伸ばされている最中だった。

「だっ……大丈夫、です」

心配そうなクレイデルの柔らかな掌が額に触れる。

昨夜、同じようにリトの体温を計ってくれたのはざらついた、大きな掌だった。

いつも剣を握っているから掌の一部が硬くなっていて、それがなんだかくすぐったかった。

おそるおそる触れてくるおおかみの手が優しくて、リトはその胸に――あの逞しい胸に鼻先を寄せていたのだった。

「…………！」

思わず顔を覆って手足をばたつかせたくなってくる。

クレイデルの手前、とてもそんなことはできないけれど。

「リト、ほんとに大じょうぶ？」

なんだか別の意味で眩暈がしてきそうだ。

クレイデルをこれ以上心配させるわけにはいかない。ぎこちなく微笑みを浮かべて顔を上げると、ロゥはすっかり服を着けて食事の準備をしているところだった。

「！　すみません、今私が……」

穫ってきた木の実を小型のナイフで切り分けようとしているロゥの姿に驚いて立ち上がると、ぐいと背中を引っ張られた。振り返ると、クレイデルが凛々しい顔をしている。

「だめ」

「そうだ、病み上がりは休んでいろ」

すっかり、クレイデルとロゥの間ではそう決まっていたらしい。

「……まあ、お前みたいにうまくは作れないが」

大きな体を丸めて木の実の皮をむくロゥが小さく付け足すと、また胸の奥がむずむずとするような錯覚にとらわれた。

リトはこんな時間までぐっすりと休ませてもらって、もうすっかり体調もよくなったのに。

慣れない手つきで食事の準備までしてくれようとするロゥと、きっとリトが目を覚ますまでずっとそばについていてくれたクレイデルのことを思うと、泣きたくなってしまう。

「ありがとうございます」

むずつく胸をぎゅっと押さえて噛みしめるように告げると、背中を向けたロゥが少しだけ、笑ったような気がした。

顔は見えないけれど、それがわかるのは――背後に無防備に放り出された尻尾が、ぱたぱたと揺れているからだ。

「………」

おおかみって、こんなに感情がわかりやすいものなのか。

思わず呆然として尻尾を見つめていると、クレイデルもそれに気付いていて笑っている。

嬉しいのはリトのほうのはずなのに、ロゥが尻尾を振ってクレイデルが楽しそうに笑っている。不思議な気分だ。こんな時間がずっと続けばいいのに――とさえ、思ってしまう。

「リト」

胸をいっぱいにしてロゥの尻尾を見つめるリトの顔を、クレイデルがガラス玉のような目で見上げる。我に返って主の目線までしゃがみ込もうとした時、クレイデルがロゥの尻尾を指さして笑った。

「きのう、リトがずっとロゥのしっぽをぎゅーってしてねてたの、ぼく見たよ」

「!!」

どっ、と胸を撃ち抜かれたような気分だった。

ロゥの尻尾もピンと立ち上がって、咳《せ》き込んでいる。

「み……っ、あの、ぎ、ぎゅー……？」

確かに、尻尾に顔を埋めたことまでは覚えている。おおかみの匂いに慣れようとして。

そのまま眠ってしまった、のかもしれない。

だけど目を覚ました時にはそんな気配はまったくなかったから、リトが眠ったのを見計らってロゥが尻尾を抜いたんじゃなかったのか。

だって、尻尾を摑まれていたらロゥだって眠れなかっただろう。

というか、ぎゅっと抱いたつもりはないのだけれど。

いろいろな思いがあふれてきて混乱する。

「ロゥのしっぽって気もちいいもんね。ぼくもぎゅーってするの、すきだよ」

クレイデルはあんまり深く考えていないようだけれど、というか深い意味もないのだろうけれど。

とにかく。

「あ、あの、す……っすいません……」

クレイデルに心配されても仕方がないと思えるくらい全身から汗が噴き出してきた。まだ熱があるのかもしれない。というか、また発熱したという感じだ。

背中を向けられているとはいえ深々と頭を下げる。

せっかくおおかみの匂いに慣れたのに、これではまともにロゥの顔を見れやしない。

背中を向けたままのロゥの返事ももごもごとしている。

「いや、……気に、するな」

気にするなと言われても、ロゥがほとんど眠れていないのではないかと思うと気が気じゃない。大丈夫なのかと尋ねようと顔を上げると、ロゥの手から木の実が転げ落ちた。

「あっ」

慌てて駆け寄って、赤い実に飛びつく。

と、同じように手を伸ばしたロゥの大きな手に触れた。

「！」

心臓が飛び上がるかと思った。

咄嗟に手を引くと、ロゥも露骨なほど顔を逸らしてまたリトに背を向けてしまった。

これじゃ昨日までと変わらないのに、だけど、確実に違う。

妙に胸の鼓動《こどう》が騒がしいけれど、それはおおかみが怖いからじゃない。

「――た、体調がいいならさっさと食事をして出発するぞ」

せわしなく耳をぴくつかせたロゥが大きな声を出す。それを合図にしたクレイデルが敷物を用意し始めた。

ロゥが膝を払いながら立ち上がって、木の実の盛り付けられた葉の皿を持ち上げる。リトも慌てて手伝おうとすると、その手をひょいと避《よ》けられてしまった。

「リト」

代わりに、真剣な声が降ってくる。顔を上げると視線はリトの背後の、小高い丘のほうへ向けられていた。

「木の実を穫りながら周辺を見て回ったんだが……この丘の向こうに、木々の途切れている一帯があった」

「！　もしかして、そこが……」

息を呑んで尋ねると、ロゥが肯く。

「遺跡の可能性が高い」

リトに視線を落としたロゥの金色の瞳が、微笑むように細められた。


遺跡があるだろうと思われる場所はここから二日ほども歩けば辿り着くだろう、とロゥは言った。

ぬか喜びだった場合を考えてクレイデルに伝えるべきか否か、その晩、クレイデルが寝入ってから話し合ったけれどリトは話すべきだと提案した。

もしそこが古代うさぎの国があった場所じゃなかったとしてクレイデルがやる気をなくしてしまうことなんてないだろうし、ロゥが見つけた場所がそうじゃないなんて仮定したくない。

「従者であるお前が言うならそうなのだろうが、近くにあるとわかったら無理をしすぎる心配はないか」

焚火に枝をくべながら慎重に言葉を紡ぐロゥは、クレイデルの体力を心配しているようだった。リトが倒れた後で、クレイデルにまで無理をさせたくないと思っているのだろう。それはリトだって同じだ。

「その時は、私がペースを調整します」

リトがまだ本調子ではないと言えばクレイデルは歩調を緩めてくれるだろう。

そう言うと、ロゥは逡巡してからゆっくりと肯いた。

「そうか」

焚火の中で火が小さな音をたてて爆ぜる。

ロゥが、ふとリトの顔を窺うように見た。

「では、お前の言う通りにしよう。王子は賢い子だ。お前をよく見ている。お前も、王子をよく見ている」

また火が爆ぜたような気がした。

それは焚火じゃなくて、リトの胸の中で。

なんだか昼からずっとこんなことばかりだ。やはりまだ体調がおかしいのかもしれない。心臓の調子が。

ロゥの金色の目を見るたびに鼓動が速くなって、一瞬、言葉を失ってしまう。

「と、……っ当然です、私は……従者、なので」

しどろもどろになりながら視線を伏せると、ロゥがそうだなと小さく呟いた。

ロゥを見ていると胸が苦しくなってしまうからうつむいていたのに、顔が見えないでいると気になってしまって、またそろりと視線を上げる。

「王子を立派に育てあげていて、すごいな」

また慌てて顔を伏せる。ロゥはこちらを見ていたわけじゃないのに。

ロゥの優しい声音《こわね》で褒められると、そんなことされたこともないのに頭を撫でられているみたいな、嬉しい気持ちになってくる。

今まで従者として褒められたことなんてないからかもしれない。

それでもクレイデルが気持ちのいい王子だなんて国民に褒められたりすれば誇らしい気持ちにはなったものだけれど。リト自身が褒められることはない。

なんだか変な気分だ。

むずむずする気持ちを振り払うようにリトは大きく息を吸って、顔を上げる。

「ろ、ロゥだってすごいです、っ！　あの……すごく腕の立つ騎士だって、有名ですし」

「腕は立つが、鎧を着たままの変わり者だって？」

「まあ、それは……仕方がないです、ロゥは、おおかみだから」

ロゥが声をあげて笑った。

牙を隠そうともせず口を開けて笑うロゥの笑顔はぎょっとするほど屈託のない――あどけなさの残る表情だった。

リトはそれを魂でも吸い取られたようにぼうっと見つめてしまって、その晩は、夜具に入ってからもずっとその笑顔が忘れられなかった。


「リト、あとちょっと！」

クレイデルの声が木々の間に響き渡る。

翌朝、遺跡かもしれない場所が近いと告げるとクレイデルは案の定、目を輝かせてはしゃいだ。

もしそこが遺跡だとして、帰り道もあるのだから目的地で力を使い果たしていいわけじゃないとリトが告げると、神妙な表情を浮かべていたけれど。それでも嬉しい気持ちは隠しきれないようだ。

自然と旅路を進む足取りは軽くなり、ロゥが遠くを見渡したという小高い丘を越えて、あと少し。

道は険しさを増していた。

「……っ、」

リトの足の下で石が転がる。

木々に隠された岩場を下るリトの眼下には、既に安全な平地まで降りたクレイデルとロゥがこちらを心配そうに仰いでいる。

「足元をよく見ろ、気を付けろよ」

「は、……っはい」

あと少しの距離だけれど、途中に生えている木を摑む手が震えてくる。

ロゥは先にクレイデルを背負ってひょいひょいとも簡単に降りてしまったけれど、足を乗せる岩と摑む木の選び方が難しい。

覚束《おぼつか》ない様子のリトを心配そうに見ている二人の、だから上で待っていればよかったのにという声が聞こえてきそうだ。

以前ロゥが言っていた、リトもクレイデルも一緒に背負う——なんて、さすがに無理だ。とはいえそんな危険を冒さなくてもクレイデルを先に下ろして、もう一度岩場を上りリトを背負って下ろすくらい、ロゥには大した労力じゃないのかもしれない。でもその提案を固辞したのはリトだ。

クレイデルを崖下で一人で待たせるなんてとんでもない、という理由で。

本音はたぶん、別だけれど。

「っ！」

慎重に下ろしたはずの足が宙を蹴った。

大きな石がガラガラと音をたてて転がり落ちていく。クレイデルの短い悲鳴を遠くに感じた。

「リト！」

ロゥの声を振り返ることもできない。

足場をなくしたリトは細い木の幹を握っているだけで、崖にぶら下がっている状態だ。

「——……」

足をかけるところを探して下を見ようにも、怖くて身じろぐこともできない。

木を握った腕は震え、じわりと掌が汗ばんでくる。しゃくりあげるように息を吸って、一旦落ち着こうとした時。

「飛べ！」

背後で、ロゥの声が聞こえた。

不思議とその声に引き寄せられて視線を向けると、下でロゥが腕を広げていた。

「受け止めるから」

距離は、そこまでじゃないのかもしれないと思えた。

それくらい、地面でリトを待っているロゥが大きく見える。

一瞬で焦りに支配されていた頭が冷静になった。クレイデルの食い入るような視線も感じる。

「大丈夫だ」

ロゥが低く、ゆっくりとした声でリトを安心させてくれているからだろう。

リトは息を詰めて、小さく肯いた。

ただ手を離すだけじゃ崖に体を打ってしまう。少し反動をつけて、ロゥの腕に飛び込むように――

「！」

思いきって手を離すと、ほんの少しの間の後、どっと体に鈍い衝撃が走った。

頭上で大きく息を吐く声が聞こえる。おそるおそる目を開くと、ロゥの顔が間近にあった。

「大丈夫か？」

「……！」

顔が、近い。

ロゥも心配してくれていたのだろう、少し弾んだ息がかかるほどの距離で顔を覗き込まれてリトは硬直した。

背中を支えてくれる力強い腕の感触。密着した体。先日目の当たりにしたばかりの逞しい胸板を思い出して、リトは呼吸も瞬きも忘れて固まってしまった。

「リト、大じょうぶ？」

「！」

背後からかけられたクレイデルの声で我に返ったリトが足をばたつかせると、驚いたロゥが体勢を崩しながらもそっと足から地面に下ろしてくれた。

「あっ、ありがとうございます！　ご、……ごめんなさい！」

草の上に下ろされたリトはそのままロゥから逃げるように距離を離して、暴れだした心臓を抑えながら喘《あえ》ぐように息を弾ませた。

背中に、ロゥの腕の感触が残っている。

力が入って、力こぶの盛り上がったロゥの腕。

リトはその場にうずくまってしまわないようにするのが精いっぱいで、顔を見合わせたロゥとクレイデルが首を傾げていてもなにも言い返すことはできなかった。

「もう見えてきてもいいはずなんだが……」

疲れて眠ってしまったクレイデルを背負いながら、ロゥが呟いた。

もうじき日が暮れようとしている。

「無理をしないで、今日はもう休みましょうか。近くまで来ているなら、明日には着きますよ。クレイデル王子が起きている時に着いたほうがいいでしょうし」

なんの確証もないけれど、リトもなんとなく近くまで来ているような気はしている。

遺跡――と思われる場所――の周辺の木々がないというなら、風の通り方が違うのかもしれない。

リトは顔の横で垂れた耳を揺らしながら、ロゥほども発達していない鼻をすんすんと鳴らしてみた。

「なにか匂うか？」

リトの様子をロゥが笑う。

その笑顔も心臓に悪い。

本当にどうしてしまったんだろう。無事にクローヴァ王国に戻ったら、一度医者にかからなければならないかもしれない。

思えば倒れた時から調子がおかしくなったのだ。

疲労だけではなく、なにか病気なのかもしれない。ロゥの笑顔や体温にだけ反応してしまう、病気。

「……とはいえ、あまり悠長にもしていられない。この間みたいな賊が襲ってこないとも限らないからな」

リトと同じように鼻を鳴らしたロゥが鋭い目で前を見据えた。

前にフードの男ととりが襲ってきたのは同じような夕暮れ時だった。

あれがもし本当に刺客だったとしたなら。

遺跡に近付いた今こそ再度仕掛けてきてもおかしくはない。

「彼らは……誰に依頼されたんでしょう」

ずっと頭の片隅に残っていた疑問をぽつりと呟くように漏らすと、ロゥは小さく首を振った。

それを聞き出すことができないまま、自害されたのだろう。

彼らは誰かから依頼されたのだ、ということはロゥも確信している。

だとしたら、きっと――依頼主に想定している人物も、同じ。

怜悧なシュリーチカの、らしくもない様子を思い出すたび、あれはすべて芝居だったのだと歯痒く思えてくる。

アンテもシュリーチカも、あの日に限ってリトに説明的だった。いつもは存在しないもののように扱うのに。

クレイデルだけがその気になっても城から追い出すことができないことをわかっていたからだ。

「でもいったいどうして……」

出来損ないの従者と王位継承権が絡む余地もない末王子なんて、今更邪魔に思うこともないはず。

「……すべて推測だ」

無意識にうつむいていたリトの髪を、ロゥの手がぽんと叩く。

思わず顔を上げると、木々の向こうに沈んでいく色付いた太陽の陰になったロゥが目を眇《すが》めるようにして笑った。

「俺たちはただ、遺跡に行って剣を探すだけだ。無事に帰れば、それでいい」

「それは、そうですけど……」

無事に帰れたとして、シュリーチカやアンテは歓迎するはずもない。

この先もことあるごとにクレイデルの身を案じ続けなければならないのだろうか。

あるいは邪魔だと思われているのがリトだけならば——

「リト」

またうつむきそうになるリトを、ロゥがつついてくる。

苦笑して首を竦めて見せると、ロゥの耳が片方だけぴくぴくと震えた。

「……おおかみの多くは、国を持たない」

ロゥは周囲に注意を払いながら、意識だけをリトに向けてゆっくりと話し始めた。

辺りを気にしているのは賊の気配と、それから今夜の野営先を探しているのかもしれない。

草を踏む音が森に響く。リトはロゥの静かな声に耳を傾けながら、森の中を進んだ。ロゥの低い声は気持ちが落ち着いて、なんだか懐かしい感じがする。

「うさぎや人間たちと違って大勢の群れでひとところに留《とど》まるということがない」

「群れを作って遊牧的に暮らしていると聞きます」

だからおおかみは攻撃的になる必要があったし、その強さゆえに多くの国から恐れられていると、本で読んだ。

自分たちの家を持たず自由に暮らす生活というのがどういうものなのかリトにはわからないけれど、こうして城を離れ、兄弟から離れていると少し羽を伸ばせる気はする。

リトは言葉少ななロゥの顔を仰いで目を瞬かせた。

――それでも。

それでも、クローヴァ王国に戻らないなんてことは考えられない。

少し森の中を旅しただけで倒れてしまうような弱いリトでは生きていけない。

「……おおかみは強いから、肩を寄せ合わなくても生きていけるんですね」

ロゥはなにも言わない。

またうつむいてしまいそうになる重い気持ちを抱えてリトも黙って歩き続ける。ロゥに背負われたクレイデルがむにゃむにゃとなにか寝言を零した。

そのあどけない寝顔を見ると、心が温かくなる。

クレイデルを守るためにも、リトは国に帰らなくてはならない。

「そういえば、……ロゥの群れはどうしたんですか？」

ロゥもおおかみなら、群れていたはずなのに。

騎士団長に拾われたということは、群れの中にはいなかったということなのか。ロゥがいったいいつから騎士団長のもとで暮らしていたのかも知らない。

聞いてはいけない事情があるかもしれない。リトが様子を窺うと、ロゥは一度口ごもるように顎を擦った。

「お前、本当に覚えて――……」

ため息混じりにロゥが口を開いた、その時。

「あっ」

その背中から、声がした。

いつの間にか目を覚ましていたクレイデルの声だ。目が覚めましたかと尋ねるより先にクレイデルの指さした先へ視線を向ける。

そこは――木々が途切れた、開けた平原だった。

「うさぎのくにだ！」

足をばたつかせて、ロゥの背中から飛び降りたクレイデルが駆け出す。

「王子、危ないですよ！　クレイデル王子！」

小さな主を追いかけながら、リトは不思議な感覚を覚えていた。

体に力が漲《みなぎ》るような、五感が研ぎ澄まされていくような。

これは、賊のとりと対峙した時の感覚に似ている。視界も聴覚もクリアになって、風の動きも鮮明に感じる。

もしかして、ここが古代うさぎの遺跡だからなのだろうか。

「ついたー！」

木々の間をすり抜けて平原に出たクレイデルが声を張りあげる。

広い広い平原には、確かに多くの建築物があった跡が残されていた。まさに、遺跡だ。

「――………」

リトは言葉をなくしてしばらくそこに佇《たたず》んでいた。

吹き抜けていく風が柔らかい。まるで、リトたちを歓迎してくれているように感じる。

ここが遺跡であることは確かなようだけれど、シュリーチカたちの言う古代うさぎの遺跡かどうかもわからないのに。

それでも、不思議と確信が持てる。

自分でもどうしてそう思うのかはわからないけれど、うさぎの気配を感じるような気さえする。

「やっと着いたか……今夜はここで野営だな」

ロゥもさすがに疲れが出ているようだ。

ほっとした様子で辺りを見回したロゥが荷物を下ろし、風除けにもならないほど小さな石――おそらく、かつての家壁の名残《なごり》だろう――のそばに拠点を作り始めた。

クレイデルは空が広く見える大きな平原をはしゃいで駆けまわっている。

ほとんど朽《く》ち果ててしまっているとはいえ家や城が建っていたのだろうと推測されるくらいには土台も、壁の一部も残っていて、躓《つまず》いたりしたら危ないのに。

だけど今ばかりは、クレイデルを止めようとは思えなかった。彼が初めて成し遂げた偉業だ。

それに――リト自身、この場所の空気に呑まれていた。

日が暮れていく薄紫色の空。あんなに広かった森が遠く感じられて、木々に守られているという安心感さえある。古代うさぎもそう感じながら暮らしていただろう。

通り過ぎていく優しい風に目を閉じると、到底知るはずもない先祖たちの息遣いを感じるようだ。

「おい、リト？」

遺跡の中で立ち尽くして目を閉じたリトを訝しむようにロゥが近付いてくる。

「――……古代うさぎの民は魔法を使えた、といいます」

「ああ、そうらしいな」

それはただの伝承というだけじゃなく、実際に魔法を見たことがあるという話が今のうさぎたちまで代々語り継がれている。

リトの祖父の二代前までは、数少ないながらも魔法を使えるうさぎもいたらしい。

やがて魔法を使えるうさぎが減っていって、自分たちだけで身を守ることができなくなったうさぎは人間の知恵を借りることになった。

でもここでは、まだ魔法を使えたうさぎが多く暮らしていたのだろう。

願いの叶う魔法の剣なんて、もしかしたらシュリーチカの作り出した嘘なのかもしれない。

でも魔法は確かにここにあったんだ、と感じる。理屈じゃない。リトのうさぎの血がそう感じさせる。

「ロゥ、こっちです」

ゆっくりと目を開いたリトは、無意識に踵を返して苔《こけ》のむした道の跡らしきものを進み始めた。

なにかに導かれるように。

「？　……おい、あまりバラバラになるなよ」

気遣わし気な声をあげながらついてくるロゥを先導して、リトは遺跡をぐんぐんと進んでいく。自分でも信じられない気分だ。

なんだか気持ちが高揚してきて、クレイデルじゃないけれど駆け出したいくらい。

「こっちに城があります」

「城？」

自分でもなにを言っているのかわからない。

残されているのはほとんど石の瓦礫《がれき》ばかりで、明るい時間によく調べてようやく、この広い敷地が城跡だったのじゃないかとわかるような有様なのに。

でも、城はこの先にある。そう感じた。

「魔法の剣はレガリアでした。かつては魔力の強いうさぎが王として受け継いできた、王だけが扱うことのできる剣です」

口からすらすらとあふれ出てくる知識は、リトが知らないことばかりだ。

シュリーチカからそんな話は聞いていないし、古代うさぎのことを意識的に調べてみたこともない。遺跡に行くことになってから出発するまでに日もなかったし。

だけど、知っている。

何故だかはわからない。

あまりに確信を持った様子のリトに、ロゥもただならぬ気配を感じて黙って後をついてきている。

「魔法の剣はきっと……玉座の間に」

「玉座の間？」

クローヴァ王国の国王がいるような大きな広間ではないけれど、古代うさぎの王族が暮らす城にも玉座の間はあった。

その場所もわかるような気がする。

ざわざわと血が騒ぐのを自分でも気味悪く感じながら辿り着いた場所は、平らな石畳の上に雑草の生えた、ただの開けた場所だ。

そこが城――ましてや玉座の間だなんて、誰も思わないだろう。

ここまで駆けてきた道と、大して変わらないように見える。

「……ここが玉座の間なのか？」

不意に足を止めたリトを訝しみながら、ロゥが近付いてくる。

リトは息を弾ませながら、半信半疑のまま肯いた。

「ええ、……そんな気がします」

こんな具体的な気のせいはなかなかない。

ロゥもリトがうさぎだから疑わしいながらも付き合ってくれているのかもしれない。リトだってこんな妙な感覚、自分のことじゃなかったらとても信じられたものじゃない。

「この辺りの、どこかに……」

それでもロゥは神妙な表情でぐるりと周囲を見渡し、草の生い茂った瓦礫の間まで確認して回ってくれる。

そもそも剣があるなんてことも、ここが古代うさぎの遺跡なのかどうかさえ、なんの証拠もないことなのに。

「あったとしても……もう風化してるか、盗賊に持ち去られていそうですよね」

壁に掛けられていたものなのか箱に収められていたものなのかは知らないけれど、どっちにしろ壁さえも崩れ落ちている有様だ。

ここまで夢中で駆けてきたことが急に恥ずかしくなってきて、リトは垂れ耳をぎゅっと握った。

「鋼《はがね》の剣が五百年ほどで風化するものか」

「だとしたら余計に、盗賊が――」

崩れ落ちた上に長年風雨にさらされてすっかり小さくなってしまった壁の陰を覗き込むロゥは真剣だ。

ここまで来たからには、とりあえず調べる以外にすることもない。それはリトもわかるのだけれど。

それこそ五百年ほどでここまで街が崩れ去ってしまうものだろうかと思うと、うさぎたちが移住した後、この場所は森に住む賊に散々荒らされたのだろうと想像するに難《かた》くない。

城なんて真っ先に金目の物を探されるに違いない。

「と、とにかくここが古代うさぎの国だったという証拠だけでも見つけ出せれば――」

「リト」

気を取り直してリトも捜索に加わろうと耳をぱっと手放した時、ロゥが崩れ落ちた壁の下を覗き込んだ格好のまま声をあげた。

「ちょっと手を貸してくれ。……この下に、なにかある」

ロゥが覗き込んだ壁は半分枯れたような木に凭れた大きな一枚岩で、それだけでもなにかしらの紋章が残っていないかと期待できるような立派なものだ。

もっと明るい時間帯だったらその表面を確認したいところだけど——今は、すっかり汚れてしまったその壁を確認することもできない。

リトはロゥのそばに駆け寄って、何者かに打ち壊されたような瓦礫に手をかけた。

ロゥも立ち上がって、リトと同じ方向から岩を持ち上げる。

「せー……のっ」

風の音しかしない森の中に、ロゥのかけ声が響く。

リトもその声に合わせてぐっと力をこめると、思ったよりも重量のある瓦礫が軋むような音をたてて傾いた。

「もう少しだ。もう一度……せーの、っ」

ロゥが腰を落とし、さらに力をこめる。リトもぐっと歯を食いしばって、ありったけの力で瓦礫を押しやるように肩を入れた。

また岩が擦れる音とともに、壁が動く。

確かに斜めになった瓦礫の下に、なにかあるようだ。

それもまた別の瓦礫でしかないかもしれないけれど。

「ちょっと退《ど》いていろ」

あとは俺が、と手で制されて一歩引くと、屈みこんだロゥが瓦礫を肩で押す。

こんな時に鎧があればロゥの痛みを軽減できたのだろう。森の半ばで置いてきてしまったことが、今になって悔やまれる。

息を詰め、中腰の状態で瓦礫を押すロゥの姿を傍らで見ていることしかできない自分の非力さを情けなく思いながら、リトはしばらく様子を窺った。

ロゥが力ずくで押し遣ること、三回。

ようやくその下に隠れていたものが見えてきた。

「これは……」

砂埃《すなぼこり》に汚れた肩を掌で払いながら腰を伸ばしたロゥが、声をあげる。

瓦礫の下に隠されていたものは——剣の柄、のように見えた。

「……！」

思わず顔を見合わせる。

急に胸がどきどきしてきて、なんだか怖いような気さえしてきた。

魔法なんて老いたうさぎの話と、本でしか読んだことがない。これが本当に、願いの叶う魔法がかけられたという剣なのだろうか。

「——本当に……？」

この剣を探しに来たはずなのに、いざ目の当たりにすると手にするのが怖い。

シュリーチカが、この剣の存在を知りながら自分たちに取りに行かせた意味もまだ計りかねているのに。

本当に、シュリーチカはアネモネの回復を願っているのだろうか。だとしたらあの刺客を仕向けた理由がわからない。

「………」

赤い夕陽に染まった古びた剣の柄を見つめて、リトは知らず喉を鳴らした。

「まだ、目的の剣だと決まったわけじゃないだろう」

自分がどんな表情をしていたのかわからないけれど、ロゥが安心させるように苦笑を帯びた声で言ってぐるりと肩を回した。

「魔法がかかっているかどうかなんて、俺たちにはわからない。だが、これを持ち帰ればお役目を果たしたことにはなる」

確かにその通りだ。

クレイデルを無事に城に連れて戻ること。それが、リトの「願い」なのだから。この剣がただのなまくらでも、きっとリトの願いは叶えてくれるだろう。

そのことにリトが気付いたのを察したか、ロゥが口端で笑ったように見えた。

剣はひび割れた床に突き刺さって夕陽に染まっている。

ロゥが普段から振っている剣よりも細身で軽く扱いやすそうだ。剣身まではここからでは見えないけれど、錆《さ》びついていなければリトが帰路の護身用に持ってもいいかもしれない。鞘《さや》は必要になるけれど。

「そうと決まれば――」

まずは回収だとばかり、ロゥが片腕でそれを引き抜こうと腕を伸ばした。

「――……ん？」

柄を引っ張ったロゥが眉を顰め、今度はもう一方の手も添える。

腰を落として足を踏ん張り、上体を反らすようにして体重をかけて――引いても、びくともしない。

むしろ彫り物が施された柄から手が滑って、ロゥは一度立て直しを図るために手に滑り止めを巻いてもう一度剣を引いた。

「……だいぶ深く刺さってるんでしょうか」

「剣身の長いものには見えないがな」

リトが近付いて覗き込むと、ロゥの手放した剣は一見してちょっとした隙間にハマっているだけのように見えた。

石畳の床には亀裂がいくつも入っていて、最初ロゥが片手でひょいと持ち上げようとした気持ちもわかる。

「床を掘り返す必要があるとなると、けっこう骨が折れそうですね」

石畳を剝がすか、砕くか。あるいはこの下にもっと堅固な土台があって、そこに突き刺さっているのか。

どちらにせよ明日はこれを掘り出す作業になるだろう。

「じゃあ今日はひとまずこの剣の近くに寝具を用意して――」

リトが剣の柄に手を置いてロゥを振り返った、その時。

ぐらりと剣が揺れた気がして、リトは手元を振り向いた。

「どうした？」

柄の上に置いた掌を揺らすと、カタカタと剣が動く。

まるでコップに差したスプーンのようになんの抵抗もなく。

ロゥを見やる。訝し気なロゥに首を傾げて見せてから、リトはおそるおそる柄に両手をかけた。

ピリッと、指先が痺れるような感触があった。たまにこういう時がある。別に指先が切れたりするわけじゃないから、どうということじゃない。

「手を滑らせるなよ」

ロゥの注意に肯きながら、リトなりに精いっぱいの力をこめてぐっと剣を引き抜く。

すると――。

「!!」

バチン、と空《くう》が割れるような破裂音が響いて、剣ごと体が弾き飛ばされた。

「っ――……!」

衝撃は、ほんの一瞬だった。鈍い痛みが全身に響いて、それだけ。すぐに静かになった様子にリトがゆっくりと目を開くと、弾き飛ばされてひっくり返ったリトの目の前には夕暮れ色の空が広がっていた。

「……痛、」

「！　ロゥ！」

体の下から低い声がして、リトは慌てて起き上がった。

ロゥが下敷きになって、リトを庇ってくれたようだ。道理で派手に弾き飛ばされたリトの背中にも膝にも、どこにも痛みがないはずだ。

「す、すみません……！　なんか、急に」

確かに渾身の力をこめて剣を引き抜きはしたけれど――それ以上にまるで押し返されるような力で吹き飛ばされた。そう感じた。

もしロゥが庇ってくれていなかったら瓦礫に体をしたたか打ち付けていただろう。

「大丈夫ですか？　どこか痛むところは」

手を貸してロゥを抱き起こすと、顔を顰《しか》めたロゥは砂埃を払うようにぷるぷると首を振った。

「……大丈夫だ」

「本当にすみません……ありがとうございます」

なにが起こったのかはわからないけれど、あの咄嗟の衝撃に対応できるなんてさすが騎士だ。

リトの代わりに砂まみれになってしまったロゥの体を掌で払おうと身を寄せると、その手をやんわりと制された。目を瞬かせて顔を窺うと、ロゥが呆れたように息を吐く。

「お前は、俺がおおかみだということをすぐに忘れるな」

そう言われて初めて、驚くほど近い距離に体を寄せていることに気付いてリトは少しだけ身を引いた。

　引いたけれど。

「忘れてるわけじゃないです。でも、ロゥは怖くないから」

　むしろ、ロゥが怪我でもしてしまうことのほうが怖い。そう思うことはなにもおかしくないはずだ。

　ロゥだって同じじゃないのか。

　だから咄嗟に庇ってくれたのだろうし、リトが倒れた時だってずっとそばにいてくれたのだろう。

「――……」

　ふと、あの夜のことを思い出す。

　あの時もリトはこうしてロゥにすり寄って――おおかみの匂いに慣れようとして、その逞しい胸に鼻先を寄せたのだった。

　今となっては慣れたのかどうかさえわからないくらいなんとも感じない。むしろ、近付くほどどこか懐かしいような気がする。

「……リト」

「！」

　知らず、また鼻先を寄せようとしていたところを額を押さえられてリトは飛び上がった。

　心臓が口から零れ落ちてしまいそうなほど跳ね上がって、ロゥが庇ってくれた心配さえもどこかに飛んで行ってしまった。

「と、とにかく、あの……あ、そうだ、剣を見つけましたよって――」

クレイデルに伝えたらきっと喜ぶだろう。

そう思って顔を上げた瞬間、暗がりが忍び寄ってくるような森の静けさにリトは硬直した。

静かだ。

「……っ」

ロゥも瓦礫に手をついて立ち上がる。

クレイデル王子の姿がない。

この見晴らしのいい場所で、どこにも。

さっきまではしゃいで走っていたはずなのに、その声すら。

「王子。……クレイデル王子！」

リトが叫ぶように呼びかけても、返事はなかった。

空に星が瞬く時間になると、冷え込んできた。

じわりじわりと全身を覆う冷たい汗がますます体の体温を奪っていく。

周辺をくまなく繰り返し捜し回ってあがった息が、氷のように冷たい。自分の吐く息で唇が凍りそうだ。

「見つかったか」

駆け戻ってきたロゥの何度目かの問いかけに黙って首を振る。

気配も、遺留品も、なにもない。

クレイデルの声が聞こえなくなって、もうどれくらい時間がたっただろう。

少しでも気を抜くと全身が震えだして、止まらなくなる。

今この時、クレイデルはもっと恐ろしい思いをしているかもしれないのに。

「――……どうして、王子から目を離してしまったんでしょう」

遺跡に着いた瞬間、自分が自分ではなくなったように感じた。

それでも、クレイデルの手を離すべきではなかったのに。自分はうさぎである前に、クレイデルの従者なのに。

「私のせいで、……っ私のせいで――」

体の震えを抑えるためにぎゅっと自分の腕を抱くと、その手をロゥが掴んだ。

「お前だけのせいじゃない。俺も気が付かなかった」

首を振る。

ロゥを連れまわしたのも自分だ。

この見晴らしのいい場所でクレイデルを見失うはずがないと高をくくったのも。

「……これはただの迷子じゃない。何者かに、意図的に連れ去られたと考えるべきだ」

「！」

息を呑んでロゥを見上げる。

心臓が串刺しにされるよりずっと強い痛みを覚えた。

そうだ。この見晴らしのいい場所でクレイデルを見失うはずなんてない。鬱蒼とした森に、クレイデルが一人で入っていくなんてことも考え難《にく》い。

クレイデルを連れ去る目的で、何者かが忍び寄ってきていた——リトたちの注意が逸れる瞬間をじっと、息を潜めて待っていた者がいたのか。

脳裏に、不審な賊の禍々《まがまが》しい雰囲気がよぎった。

「王子……！」

今頃、王子がいったいどんな目に遭わされているのか。

たまらずにリトが再び捜索に駆け出そうとすると、ロゥがその腕を引いた。

「っ、離してください！」

「お前はもう休め」

「なにを……！」

耳を疑った。

ロゥの顔を見上げると、その背後には大きな月が昇り始めている。

夜が来る。クレイデルは一人で眠れないような子供ではないけれど、だからといってこんな場所でリトたちと引き離されて平気でいられるはずがない。

今すぐ救い出して、強く抱きしめてあげたい。

リトだったら、とても一人ではいられない。

「私にとって、クレイデル王子はただの主じゃない。彼がいたから、私は頑張ってこれたんです」

「それは知ってる。だからこそだ」

ロゥの腕を振り払おうと力をこめて、その力強さに苛立《いらだ》ちさえ覚えた。

こんなところで話している時間すら惜しい。

頭の中がクレイデルのことでいっぱいになる。焦る気持ちに急かされながら、ロゥの手をむしり取ろうと爪を立てた。

「だからこそ？　……あなたになにがわかるっていうんですか。王子は私の人生を変えてくれたんです、私はただの忠誠心だけで動いてるんじゃない。王子がいなければ、私は——」

「リト」

まるで聞き分けのない子供を宥めるような声に、首を振る。

「王子を一刻も早く捜し出さなければいけないんです！　私のせいで、王子になにかあったら――……！」

これ以上ロゥの言葉なんて聞きたくない。耳を塞ぎたくなるような気持ちで顔を仰ぐと、ふと目の前が暗くなった。

「――……」

目はしっかり開いている。

月明かりと、森の静けさだけが感じられた。

体の震えが止まる。

唇が、温かくなった。

「…………落ち着け」

瞬きを忘れたリトの視界で、ゆっくり離れていくロゥの白銀色の髪が揺れる。

唇に、牙の感触が残っている気がした。だけど、気のせいかもしれない。

誤って唇が触れてしまっただけだろう。

だけど、確かにリトの唇には温もりが残っている。

それ以外のことがすとんと抜け落ちてしまうくらい、鮮明に。

「お前が休んでいる間に俺が王子を捜す。朝になったら、お前が捜しに出てくれ。二人で力尽きることが一番危険だ。せっかく二人いるんだから交代制をとる、いいな」

呆然と立ち尽くしたリトの顔を見つめて、力強く肩を掴んだロゥが言う。

不思議と、その言葉が急に流れ込んできた。でもやけにその唇が気になってしまう。

「わかったら、休め」

言っていることはまるで騎士の上官なのに、リトの髪をくしゃりと撫でる手は優しくて。

クレイデルを見失ってしまった罪悪感と焦燥ですり切れそうなリトのことを守ってくれるような温かさがあった。

「でも――……」

「定期的に遠吠えすることにしよう」

思い出したようにしゃくりあげたリトの心配を掬い上げるようにロゥが肯く。

月の色と同じ金色の瞳が、リトを見下ろしていた。

「遠吠えが聞こえればお前も安心だろう。俺はお前を置いてどこへも行かない。安心して休め」

＊　　＊

遺跡の広さはおおよそクローヴァ王国の三分の一ほどで、決して狭くはないけれど建物などの遮蔽《しゃへい》

物《ぶつ》がないおかげで捜索は難しくない。

周辺の森まで捜索範囲に含めると広大な距離になってしまうが、森にはリトたちが入ってきた場所以外の足跡は残っていなかった。

「とりに連れ去られたんでしょうか」

とり族には詳しくないが、タカやワシなどは一瞬で地上の獲物を連れ去ることが可能だと聞いたことがある。

以前襲ってきた賊も猛禽類《もうきんるい》らしいとりだったことを考えると、ありえない話じゃない。

「だとすると、木の上まで捜索範囲を広げたほうがいいな」

クレイデルを見失って、丸一日がたとうとしている。

休めと言われてもとても眠っていられるような状況ではないけれど、朝日が昇るまでロゥに捜索を頼んだ後、日中はリトがクレイデルの足跡を辿り、瓦礫の下までくまなく捜索した。

たとえば、地下に続く道がないか。

クレイデルがなにか遺していった形跡はないか。

なんでもいいから手がかりを見つけ出したいと祈るような気持ちで地面を這《は》うように探したけれど——無情に時が過ぎていくだけ。

昼過ぎからはロゥも加わって捜索しているのに、なんの進展も得られないまま今日も日が暮れ始めている。

このままクレイデルを見つけることができなかったら——想像するだけで目の前が真っ暗になる。

だけど、最悪の場合を考えて取り乱していたってなにも始まらない。

リトは焦燥感に駆られそうになるたびに自分の唇に触れて、気持ちを立て直していた。

あの時ロゥがしたのは、口付けだ。

混乱したリトを黙らせるのに一番手っ取り早い方法だったというだけだろうけれど、その感触を思い返すたびにリトはますます混乱するような気持ちになった。

夜の間、そして一緒に捜索を始めてからもロゥは一定時間ごとに遠吠えをして居場所を知らせてくれる。

その声を聞くたびにリトは胸が疼《うず》くような、妙な気持ちにさせられた。

「今夜は、少し範囲を広げながら頭上も捜してみよう。……もし相手がとりならば、夜は移動しないはずだ」

そろそろお前は休む時間だとロゥが手を伸ばしてくると、リトは自然と視線を下げた。

髪を撫でるロゥの掌の温かさに、気持ちが救われている。

本当は慰められている場合ではないはずなのに。一番責められるべきは従者である自分なのに。

「……ロゥを巻き込んでしまって、すみません」

静かに夜が忍び込んでくる速度に合わせるように呟くと、ロゥの指先がぴくりと震えた。

「巻き込まれたとは思っていない」

「賊の目的はわかりません。……でも、仕向けたのが――……シュリーチカ王子だとすれば」

その名前を口にすると、体が震えそうになった。

シュリーチカ王子を憶測で非難することも罰当たりに思えたし、誰かに聞かれていたらと思うと。

一瞬喉を詰まらせたリトを察して、ロゥが撫でた頭をぐっと引き寄せた。

おおかみの匂いがする胸に額を寄せると、何故だか震えはもっとひどくなっていくようだ。安心する場所のはずなのに。

「もし、そうだとしたら……始末をしたいのは私のはずです」

それしか考えられない。

もっとも、それはシュリーチカの意思というよりもアンテがそそのかしたのに違いない。

リトに向けられた兄の冷たい眼差しを思い出す。主を守れなかった従者としてリトを罰したいのだろう。しかし、護衛につけたロゥのことまで巻き込んでしまうなんてひどすぎる。

「そんなはずはない」

「いえ、きっと……」

リトがゆるゆると首を振ると、頭を抱くロゥの腕の力が強くなった。

アネモネの病状が悪化している今、シュリーチカの王位継承が濃厚になりつつあるからこそ。

その従者でもあるアンテは、自分たちの由緒正しい血統の中にいる出来損ない《リト》を排除しておきたいのだ。

「お前のせいじゃない。シュリーチカ王子は全員処分したかったんだ」

ぎくりとして顔を上げようとしたけれど、抱きしめられた腕に閉じ込められてロゥを仰ぐことはできない。

ロゥの体も少し、強張っているように感じた。

「アネモネ王子が王位に即《つ》けなかった場合——継ぐのはクレイデル王子だ、という見方がある」

「っ、そんなはずはありません」

リトとしてはクレイデルのような優しい王子が認められたら嬉しいという気持ちはあるが、なにしろ末王子だし、それにシュリーチカは既に国王の執務を手伝っているほどの実力者だ。

大臣たちがクレイデルを可愛がってくれているのは、王位継承権には無縁なところで伸び伸びと育っている彼の天真爛漫さを愛《め》でてくれているに過ぎない。

そんなこともわからないシュリーチカではないだろう。

「シュリーチカ王子からは、……うさぎの匂いがする」

躊躇《ためら》うように口を開いたロゥが、気まずそうに鼻を擦る。

「……うさぎの？」

「人間とうさぎの匂いは違う。クレイデル王子やアネモネ王子からは人間の匂いしかしないが……」

ロゥがはっきりと言い切らないことが不思議で、リトがじっと言葉を待っていると観念したような短いため息が返ってきた。

「俺も詳しくは知らないが……シュリーチカ王子は陛下とうさぎメイドとの子だという噂がある」

「！」

そんな話は聞いたことがないけれど、確かにあの赤みがかった金髪は国王とも后とも似通っていない。

クローヴァ王国の国王は代々、人間が務めてきた。

そこにうさぎの血が入ったことは、いまだかつてない。

しかしクレイデル王子さえいなければ、シュリーチカ王子が継ぐしかない。

「――……」

悚然《しょうぜん》としたリトが喉を鳴らすと、ようやくロゥの腕が緩んでその顔を仰ぐことができた。

空はすっかり藍色に染まっている。

クレイデル王子がいなくなっても、世界は廻り、時間は過ぎていく。

「それに、城内で頑なに鎧を脱がない妙な騎士も始末しておきたかったんだろう」

リトに見上げられて自嘲気味に目を眇めたロゥが、いったいどこまで本気で言ったのかはわからない。リトの気持ちを和らげようとしてくれたことだけは確かだけれど。

「……私たちは、要らないもの同士旅に出されたというわけだったんですね」

自嘲的に笑って首を竦めると、ロゥも息を吐くように笑った。

そのまま一度抱き寄せられた頭を撫で押し遣られると、知らず寄せていた体が遠ざかって不意に心細さが募ってきた。

「そうだな。……まあ、俺はそれでも構わないが」

「え？」

「俺は別に、クローヴァ王国の民じゃないからな」

思いがけず突き放されたような気持ちになってリトは言葉を失った。

確かに、おおかみであるロゥはクローヴァ王国の国民とは言い難い。騎士団長の計らいで騎士として仕えてはいるけれど、彼がおおかみだと知れればとても一緒に暮らせたものではないだろう。

「俺は国に忠誠を誓っているわけじゃない。守りたいものを守りたいだけだ」

リトの体を離したロゥが、立ち上がる。クレイデルを捜しに出るつもりだろう。

その姿を見上げて、リトは無意識に口を開いていた。

「ロゥの守りたいものって――」

誰なんですか。

問いかけが喉元まで出かかって、リトは口ごもった。

知りたい気持ちと、答えを聞きたくない気持ちがせめぎ合って呼吸まで止まってしまう。

なんだか胸がもやもやとして、目を背けたいような、逸らせないような――

「…………」

ロゥもまるで、リトの問いかけを待っているようにこちらを見つめている。

やがて、どちらともなく口を開きかけた時。

「!!」

遠くから聞こえてきた微かな声に、ロゥの耳がぴくと跳ねた。リトも反射的に土まみれのレガリアを手にして立ち上がって、耳を澄ませる。

「……クレイデル王子の声です！」

心が引きちぎられそうなほど焦《こ》がれた主の気配を感じて、リトは転げるように駆け出した。

「リト、気を付けろ」

息を切らし、瓦礫に足を取られながら駆ける先には薄暗い空に浮かぶ不気味な影があった。

クレイデルの泣きじゃくる声が徐々にはっきり聞こえてくると、リトは眩暈がするほどの怒りを覚えた。

怒りは、隙になる。

ロゥはそういう意味も込めて背後のリトに声を潜めたのだろう。

崩れ落ちた建物の壁の上。

何度も捜したはずのそこに、いつの間にかやってきた影は以前の賊と同じように襤褸《ぼろ》のフードをかぶって、その腕にクレイデルを抱いていた。まるで遊び飽きたぬいぐるみにするような乱雑さで。

「クレイデル王子！」

リトがたまらずに声を張りあげると、クレイデルの泣き声を掻き消すような甲高い笑い声が空に響いた。

「あはっ」

ロゥが足を止めて、剣を抜く。

リトを庇うように前に立ったロゥの背中から、恐ろしいほど静かな殺気を感じた。隙のない、騎士の覚悟のようなものだ。

それを悠々と見下ろした賊の、微笑む唇だけがやけにはっきりと見える。

「おおかみとうさぎが必死になって人間の子供捜しとか、笑える」

ひたひたと夜の底を這うような声。

こちらを嘲《あざけ》るように笑う唇から、細い舌が見え隠れしている。

「……へびか」

剣を構えたロゥが肩で息をしながら絞り出すような声で唸った。

「へび……」

それならば、あるいは森の湿った土の近くで身を潜めていたのかもしれない。足跡がないのも肯ける。

リトは咄嗟に腰に差してきたレガリアを握って、賊の腕に抱かれたクレイデルに目を凝らした。

大きな外傷はないように見える。

だけど相手がへびならばそのまま絞め殺されてしまってもおかしくはない。下手には動けないということだ。ロゥもそれを察して、距離を測りかねているのだろう。

「王子――」

リトは自分が絞め上げられるような気持ちで息を詰まらせた。

どうにかして相手の隙をつけないだろうか。幸い、こちらのほうが頭数は多い。

いざとなったら、クレイデルの代わりに自分が命を落としたって構わないから。

「リト……ごめん、ぼくがつかまっちゃったから」

「クレイデル王子！」

　クレイデルの震える声が聞こえてくると、リトはたまらずに賊に飛びかかりそうになった。ロゥが慌てて抑えるけれど、とても耐えられない。

「王子を離してください！　私が代わりになります！　いったいなにが目的なんです」

　ロゥの手を振り払って前に出ると、フードをかぶった賊が首を傾けた。

　ふとその唇から笑みが消えて、その腕に捕らえられたクレイデルが小さく呻《うめ》いたようだ。

「王子！」

「なに言ってんの？　全員殺すに決まってんじゃん。代わりとかないから安心して」

　冷笑すらなくした賊がギリリと腕の力を強めると、ロゥがその姿に飛びかかった。

　火花が散る。

　賊が瓦礫から飛び退り、片腕に持ったレイピアでロゥをいなしながら再び甲高い笑い声を張りあげた。

「なんでおおかみが人間を助けようとしてんの？　面白すぎるんだけど」

「黙れ」

　低く吼えたロゥが連続で斬りつけると、賊が徐々に後退していく。

　森に逃げ込まれては厄介だけれど、実力の差は明らかだ。ロゥは賊が体勢を立て直す隙を与えずに重量のある剣を次々に繰り出して完全に押している。

クレイデルがこれ以上絞め上げられる前に、素早く決着をつけたいというのが本音だろう。

リトも隙あらばクレイデルを賊の腕から救い出そうと機会を窺って回り込む。

「っ……く、そ――」

牙をむき出しにした鬼気迫るロゥの迫力にも押され、賊が悔し気な声をあげる。

今だ、と思った。

不思議とロゥと心が通じ合ったような気がした。

ロゥが深く踏み込んで、横様に剣を薙《な》ぎ払う。それに怯んだ賊の腕から、リトがクレイデルを救い出す。

――そう、お互い思っていたはずだった。息は合っていた。それなのに。

「ッ……！」

踏み込んだロゥが声にならない声をあげて、ぐらりと体勢を崩した。

まさか、ロゥほどの騎士が剣の重さに負けたはずはない。しかしその隙を見逃さずに大きく飛び退いた賊が笑い声をあげてクレイデルを抱き直す。

「ロゥ！」

「……悪い」

息を弾ませたロゥの額には汗が浮かんでいた。

クレイデルの泣き声が弱くなっていく。リトは震え上がりそうになる自分を叱咤《しった》して、賊をにらみつけた。

「あっれぇ？　いざとなったらこの人間を盾にしようと思ってたけど……、もしかして必要ない感じ？」

腕の先にクレイデルをぶらんとぶら下げた賊が勝ち誇った口調でほくそ笑む。

「ケガしたおおかみなんて、余裕じゃん」

ロゥを振り返る。

剣を地面に突き刺して体を支えたロゥは、尋常じゃない汗を滴《したた》らせながら青白い顔をしていた。

「ロゥ……？」

「気にするな」

駆けつけようとしたリトを手で制して呼吸を無理やり整えたロゥが、剣を抜いて構え直す。

しかしその姿は、片側に重心が寄っていて不格好だ。

「もしかして、あの時の――」

レガリアに弾き飛ばされた時に怪我をしていたのかもしれない。リトの下敷きになったせいで。

怪我をしたことを隠して、その晩もずっと歩き回ってクレイデルを捜し回っていたのか。

さあっと血の気が引いたように頭が冷たくなって、リトはその場に力なく立ち尽くした。

クレイデルを見失っただけじゃなく、ロゥの怪我にも気付いていなかったなんて。

だからお前は出来損ないなんだ、という兄弟の嘲笑が聞こえるようだ。

「あ～ぁ、誰から始末しても一緒かぁ」

誰にしようかなあと芝居がかった大仰な仕草でロゥとリトを交互に指した賊が、長い舌をちょろちょろと唇から覗かせる。

もし、ロゥになにかあればクレイデルを助け出せる可能性は低くなる。だけど、リトが気を引くことでロゥに勝機を作れるとしたら。

この賊を退けた後、クローヴァ王国への帰路だってきっと自分よりロゥのほうが頼もしいだろう。ロゥは優しいから、クレイデルを安心して任せることもできる。

この状況を招いたリト自身が、責任を取るしかない。

「うさぎちゃんから、逝《い》く？」

覚悟を決めた目に気付いたのだろう。賊がレイピアの先でリトをさした。

喉がカラカラに渇いて、声も出てこない。しかし賊が動いた瞬間、飛びかかってやろうと決めていた。

「垂れ耳の出来損ないちゃん♪」

賊の振りかざしたレイピアが、空を切り裂いた。

「！」

切っ先がリトに向かってまっすぐ飛んでくる。まさか武器を手放すとは思っていなくて、一瞬反応が遅れた。

クレイデルがこちらを見て声をあげたように見えた。

その声も聞こえない。

せめて、武器をなくした賊にロゥが背後から斬りかかってくれたら――祈るように思いながら目を瞑った瞬間、甲高い金属音が響いた。

「ロゥ……！」

目を開くと、広い背中で視界が遮られていた。

ロゥの剣で弾かれたレイピアが近くの木に突き刺さって揺れている。

「ロゥ、足が」

目の前を塞いだ背中が浅く呼吸を繰り返している。

ロゥがさっきまで立っていた場所の地面は、深く抉《えぐ》れたように土が露出していた。斬り込むために踏み込むことさえできなかった足で駆け付けてくれた証《あかし》に。

「――……俺はどうなってもいい」

喉を鳴らすような低い唸り声。

賊に向けられたものなのか、あるいは背後のリトに向けられたものなのかわからないけれど、まるで鈍い刃のような声だった。

剣を握りしめたロゥの背中に思わず手をあてがうと、不思議と懐かしい気がした。

土の匂い。弾んだ息と、おおかみの唸り声。

「今度は俺が……お前を守るんだ」

自分自身に言い聞かせるようなロゥの呟きに、リトは息を呑んだ。

——その子を見つけたのは、リトが今のクレイデルよりも小さい頃だった。

兄弟の目から逃れたくて頻繁に森へ抜け出していたリトが出会ったのは、穴倉でうずくまっていた少年だった。

彼がうさぎじゃないことは、すぐにわかった。

長くて大きな尻尾に、三角の耳。銀色の髪に枯葉をいくつもつけた少年は傷だらけだった。

怖い匂いがした。

うさぎとも、人間とも違う強い獣の匂い。

体も大きいし、リトよりも低い声で唸り声をあげていて。

リトはその不思議な声につられて穴倉を覗き込んでしまったけれど、中を見たことをすぐに後悔した。

幸い、体を丸くしてうずくまっていた少年にリトの存在は悟られていないようだったし、見なかったことにしてその場を離れようと思った。

森の中は怖いところだから、めったなことで出て行ってはいけない。

それはクローヴァ王国のうさぎたちなら誰でも知っていることだ。

それでもリトはその日まで怖い目に遭ったことなどなかったし、森といってもクローヴァ城が見える範囲より奥には行かないと決めていた。

森は怖いところだなんて信じていなかった。

この日まで。

リトは暴れだしそうになる心臓を両手で必死に押さえながら、足音を忍ばせて穴倉から離れた。

薄暗い穴倉には、若い獣の匂いと血の匂いが充満していた。

きっと、森で暮らすならず者が争いで傷付いたのだろう。下手に関わって巻き込まれでもしたらたまらない。

もしリトが帰らないことがあったとしても、捜しに来てくれる家族なんていない。

こんな森の中で知らない獣と一緒に野垂れ死ぬなんて、嫌だ。

――そんなのは嫌なのに。

「――――……」

知らず、リトの足は止まっていた。

穴倉で一人、うずくまっていた少年の痩《や》せ細った背中が脳裏にちらつく。

背骨が浮くほど痩せていて、きっと傷が痛むのだろうに助けも呼ばずに一人で呻いているだけだった。

彼にもし家族がいたなら、あんなところで一人で耐えてなどいないはずだ。

「……っ」

踵を返して、駆け出す。

今度は足音なんて忍ばせずに。

あの穴倉はけっこう深くて草も生い茂っているし、きっとリト以外の人には見つけられない。

少年もそう思ってあそこに身を潜めているのだろう。

――まるで、ゆっくり忍び寄ってくる死を待つように。

あんな静かで暗いところで、一人ぼっちで。

「ねえ」

リトは穴倉を再び覗き込むと、意を決して声をかけた。

太い尻尾が大きく膨らんで、暗がりに金色の目が光る。

返ってきた唸り声を聞いているだけで全身が総毛立つように怖かった。だけど。

「えっと……どこが、いたいの？　やく草もってきてあげる」

自分の垂れた耳をぎゅっと両手で握りしめて怖さを堪えながら尋ねる。

幸い、この耳ならば一見してうさぎとわからない。

それでも、この鋭い牙を持つ少年からしたら格好の餌食には見えるかもしれないけれど。

「――……足が」

リトを値踏みするようにじっと見つめた後で、少年は呟くように言った。

うずくまった少年の足はリトの場所からはよく見えない。でも、リトはぐっと拳を握りしめて大きく肯いた。頭上の耳が揺れる。

「わかった！　まってて」

勇気を振り絞って声をかけてよかった。

リトは少年が自分に答えてくれただけでも嬉しくなって、急いで森を駆け出した。

リトがバスケットいっぱいに詰めた応急処置道具を持って穴倉に戻った頃には、昼をとっくに過ぎていた。

痩せ細った彼のためにご飯もたくさん持ってきた、と告げると少年は訝し気に首をひねった。

銀色の髪は枯れ草がついているどころか泥がついた後で乾いてしまったみたいにあちこち汚れていて、もじゃもじゃに絡まっている。

「まずは、ごはん。すきなだけ食べて。足、みせてもらうね」

やく草も持ってきた、とリトがバスケットから次々と持ち物を取り出すと穴倉の中はあっという間にいっぱいになってしまった。まるで秘密基地みたいに。

「ごはん……ほんとうにたべていいのか？」

落ち着かない様子で視線をさまよわせた少年のお腹がぐうと大きな音で鳴る。

リトはパンと果物がいっぱい入ったバスケットを差し出して、肯いた。

「うん、どうぞ！」

見たところ、足はたくさんのすり傷が付いていて、腫《は》れている。

血が出るような傷だったらリトでも薬草で手当てできたかもしれないけど、ちょっと難しそうだ。でも森の中の子をクローヴァ王国の医者に診せることはできない。リトはとりあえず持ってきたタオルでそっと足に触れてみた。

「……っ」

土や、黒く変色した血で汚れた両手にパンを持った少年が、わずかに身じろぐ。

「ご、ごめん……！　いたかった？」

「大じょうぶだ」

少年はそう言ったきり、口に詰め込むようにしてパンを貪《むさぼ》った。

リトは少年の反応を窺いながら足をきれいにして、すり傷によく効く薬草をあてがっていく。なんだか自分がお医者様になったみたいで少しドキドキした。

「かぞくは？　一人なの？」

薬草をつけた足を包帯でぐるぐると巻きながら尋ねると、果物に伸ばされた少年の手が止まる。

「あっ、あの……いいたくなかったら、いいんだけど」

「べつに。……はぐれたんだ。この森で」

果物を取らずに地面に落とされた少年の手が土を掻く。少年の肩が微かに震えていた。

聞いてはいけないことを聞いてしまったのかもしれない。

リトは包帯を巻き終わった手を離すと、少年にかける言葉を探した。

「おれは、すてられたんだろう。……足をけがしたおおかみなんて、むれについていけない」

頭上に立っていた耳が力なく折れて、まるで垂れ耳の自分のようだ。

そう思うと、リトは自然に少年の頭へ手を伸ばしていた。

「………」

少年が目を瞠る。

お日様みたいにキラキラした、金色の目。

リトは彼を安心させるように微笑みながら、汚れてしまった髪をたくさん撫でた。

「大じょうぶだよ。ぼくがいるから。けががなおるまで、ずっといっしょにいてあげる」

怪我が治ったら家族のもとに帰れるだろう。

リトはその時、単純にそう思っていた。

少年はそんな簡単に群れに戻れるはずないとわかっていたのだろうけれど――なにも言わずに、果物を噛った。

「これから、まい日ごはんをもってくるね。それから、足をなおすにはどうしたらいいか、おいしゃさまにもきいてくる」

だから大丈夫だよ、と繰り返しながら何度も頭を撫でるリトに、少年はおとなしくうなだれていた。

まるで人形ごっこに付き合ってくれているみたいに。

それまでは家にいたくなくてただ森に行っていただけだった。他にうさぎがいないところならどこでもよかったのだけれど――それからは「友達」に会うために積極的に森へ行くようになった。

それはほんの二、三日くらいのことだったのかもしれない。

だけどリトにとっては、大事な秘密を抱えていることですごく大人になったような気がしていた。

「きょうは、ブラシもってきたよ」

少年の怪我はすぐによくなるものでもなかった。

それとなく医者に聞いた話からすると、骨が折れているのかもしれなくて、翌日には木の枝をくくり付けてみたけれど骨が元通りになるのには時間がかかるとのことだった。

彼の怪我が早くよくなることを、リトは本気で望んでいた。

だけど、治ってしまったら彼は家族のもとへ戻るのだろう――そう思うと、少し寂しいような気持ちもある。

きっと末っ子のリトには「誰かをお世話する」ということがままごとのように感じられていたのかもしれない。その時は本当に、真剣に、少年のお世話をしていたつもりだったのだけれど。

「ブラシ？」

少年もリトのままごとに仕方なく付き合うような素振りで、いつしか警戒を解いてくれていたように思う。

怪訝な顔を浮かべた少年の絡まってしまった髪に手を伸ばすと、三角の耳がぴるぴると震える。

「かみ、とかしてあげる」

少年の髪は枯れ草や砂埃がついてしまっているけれど、きっときれいに梳《と》かしたらかっこいい白銀色になるだろう。

少年の了承も得ないうちからわくわくとしてブラシに手を伸ばす。

バスケットにパンと、新鮮なはちみつと、木の実と、それからブラシを入れてきた――はずなんだけど。

手探りしたバスケットを、覗き込む。

バスケットの中にはパンを入れてきた皿しかない。

「……どこかほうりなげたんだろう」

呆れたような少年の口調は、どこか笑っているようだった。

兄弟のからかう声とは違う、優しい声。

「えっと……」

リトが膝立ちになってきょろきょろと辺りを見回すと、穴倉の中にはこの数日でリトが持ってきたものが増えていた。ブラシもその中に紛れてしまったのかもしれない。

ばつの悪い笑みを漏らして立ち上がったリトがブラシを探そうとした、その時。

穴倉の入り口から、こちらを覗いている複数の視線と目が合った。

「っ！」

「あら、美味《おい》しそうな子羊ちゃんがいるわ」

「羊じゃないと思うけど？　ん〜……おおかみちゃんたち？」

長い睫に縁取《ふちど》られた垂れた目に、丸い耳のならず者たち。三頭とも大人の、ハイエナだ。

初めて見た。

クローヴァ王国にこんなに近いところを、ハイエナが歩いているなんて聞いたことがない。

リトが入り口を見つめたまま硬直していると、けたたましい笑い声が穴倉に反響した。

「やだ、怖がってんじゃない！　可哀想よぉ、……どうせ逃げられないのに」

ギラリと光る眼で射抜かれて、リトは呼吸も忘れた。

確かに、逃げられない。

少年は足を怪我していて、ご飯だって今食べたばかりで力が出ないだろう。まして、入り口を大人に塞がれていたら逃げることなんてできない。

状況が理解できると、とたんに体がガタガタと震えだした。

ハイエナが、自分たちをどうするつもりなのかもわからない。殺されてしまうのか、売り飛ばされてしまうのか――人質にされて家族の迷惑になることだけは避けたい。

きっと、兄弟はリトなんて要らないと言うだろうし。

それをこの少年にも知られるのは耐えられない。

「おい、お前」

冷たい汗をびっしょりとかいたリトに、少年が牙をむき出しながら唸り声をあげた。

「……あいつらはおれがひきつける。だから、おれをおいてにげろ」

「！　そんなことできない！」

少年はすっかり体勢を変えて、いつでもハイエナに飛びかかれるように身構えていた。

その足は、触られただけで痛がっていたのに。

「だめだよ、ぼくがまもる」

リトが強く首を振って少年の前に出ると、ハイエナたちの笑い声が一層大きくなった。

「血の匂いと、怖がってる子供の匂い……あ〜、今日は御馳走だわ」

ハイエナの一頭が恍惚《こうこつ》とした表情で大きく息を吸いながら、穴倉に入り込んでくる。

その瞬間、リトはさあっと血の気が引くような——それでいて体中が熱くなるような不思議な感覚に襲われて、たまらずに大人のハイエナに向かって駆け出していた。

この穴倉には入らせない。絶対に。

「おい……！」

背後で、少年の悲痛な声が聞こえた。それを振り切るようにリトはハイエナに飛びかかった。

——そこまでは、覚えている。

正確には、たった今思い出した。

「ロゥが、あの時の……？」

少年のことを、どうして今まで忘れていたのかも思い出せない。

あの時、どうやって助かったのかも。

だけど自分の前に立ち塞がった大きな背中を仰ぐと、とてもあの少年とは比べものにならないくらい逞しくなっているのに、不思議と懐かしく感じる理由が今ならわかる。

「……今度は、俺がお前を守る」

呟くように言ったロゥの声は静かで、構えた剣の先から覚悟が見えるようだった。

足が痛むのだろうにそれを感じさせない立ち姿でのロゥに対して、賊はレイピアを投げてしまった後で武器もない。

リトは静かに喉を上下させて、祈るような気持ちでロゥの背中に触れた。背後からは表情が見えないのに、ロゥが小さく肯いたような気がした。

剣先が揺れる。

ロゥの呼吸さえも感じるようだ。静かな呼吸が一度、二度。次に吸った瞬間踏み込むことがリトにもわかった。

だけど、ロゥがゆっくりと胸を膨らませた時。

「い……っ！」

「！」

クレイデルが呻き声をあげて、リトは思わずロゥの前に飛び出した。

賊がクレイデルの腕を掴んで掲げ、ぶらぶらと揺らしている。

「クレイデル王子……！」

泥まみれになってしまったクレイデルの顔が歪む。賊はリトの反応に双眸を細めると、長い舌をちょろちょろとそよがせながら空中にぽいとクレイデルの体を放り投げて、また摑んだ。

今度は、クレイデルの小さな頭を。

「よせ！」

ロゥがたまらずに剣を振り上げると、そちらに向かってクレイデルの体を掲げる。

「……っ！」

これでは、斬りかかるに斬りかかれない。

リトも腰に差した剣に手をかけはしたものの、そもそも剣なんて振ってみたこともないし刃零れもしているだろうこんなもので、太刀打ちできる気がしない。

「あははっ！　勝ち目ないねぇ、お兄さんたち」

賊が高らかに笑い声をあげると、クレイデルの顔がさらに歪む。

摑まれた頭を、締め付けられているのかもしれない。歯を食いしばった苦悶《くもん》の表情を見ていられなくてリトは思わず目を覆いたくなった。

「王子を離してください！　どうか、私を――」

自分が苦しんで済むなら、なんだってするのに。

賊に哀願するように声を張りあげても、嘲笑の声が大きくなるばかりだ。

「あははは！　ダーメ。人間は希少種族だからね。売りに出したら高値がつくだろうなあ」

クレイデルを襤褸布かなにかのようにぶらぶらと揺らした賊が、その苦しむ顔を覗き込む。

リトは息をしゃくりあげて、首を振った。いっそのことクレイデルが気を失ってくれているといい。こんなに恐ろしい思いをさせ続けるだけでも耐えられない。

「……死体でも高く売れるのかな？」

ふと首を傾げた賊に、ロゥが斬りかかった。森におおかみの咆哮《ほうこう》が響く。

クレイデルを死なせるなんて、そんなこと到底許せない。光が走ったかと思うくらいの素早さで賊に飛びかかったロゥの剣が、しかし甲高い金属音とともに弾き返された。

「っ！」

ロゥが瓦礫の上に倒れこむ。

「ロゥ！」

足を押さえたロゥが、低く呻いた。

賊の手が、昇り始めた月光を反射して光っている。

「あれ？　外したかな……まあいいか」

賊の指先で光るものがきらきらと回る。長い針のような物だった。

ロゥが強く斬り込んでいたらあんなものに弾かれるとは思えない。やっぱり足の怪我のせいで、踏み込みが甘くなっていたのだろう。

リトは汗がじっとりと滲《にじ》んだ手で剣を握りなおして、胸の前で構えた。

剣は手入れもされていないし、砂埃でくすんでいてとても切れ味がよさそうには見えない。だけど、強く打ち付けることくらいは可能だ。

古代うさぎに祈るような気持ちで息を詰める。どうか、力を貸してほしい。

「おおかみの皮は護身用になるから、あんまり血で汚したくないし……毒針で楽に殺してあげるからね」

牙をむいて唸り声をあげたロゥが立ち上がり、剣を構える。

賊は体を揺らして笑って、上機嫌なようだ。彼が笑うたびにクレイデルの体も揺れる。

「あはっ、頑張るねぇ。毒針ならいくらでもあるから、せいぜい頑張って。ま、君たちをどうするも僕の自由だって言われてるから」

「言われてる？　……シュリーチカ王子に、ですか？」

リトが声をあげると、賊がリトの存在を思い出したように目を瞬かせて、こちらを振り向いた。

「あれ？　あんたまだいたの？」

「答えてください。あなたを差し向けたのはシュリーチカ王子ですか？　私たちを始末するようにと？」

不思議と、肩の力は抜けていた。

構えたままの剣を賊に向けて、こちらを舐《な》めるように見る細い目をまっすぐ見つめる。

ロゥが驚いたようにこちらを見ている視線も感じた。

「依頼主の名前なんて口を割るはずないでしょ。僕が聞いてるのは、人間もおおかみも好きにしていいよってことだけ。垂れ耳うさぎの話は聞いてないよ」

賊はリトを傷付けたかったのかもしれない。あるいは、焦らせたかったのかも。

だけどリトの心は静かに凪《な》いでいて、まるでこの静かな森のようだ。

虫の音もなく、風も吹いていない。月は凛として頭上に昇っていて、五感が研ぎ澄まされる感覚だけがある。

「こんな雑魚《ざこ》おおかみと人間の子供だけで森に放り出すとか、要らないって言われてるようなもんじゃん。ま、実際要らないんだろうし」

「撤回してください」

体が冷えていく。

だけど、剣を握りしめた指先だけは妙に熱くて、力がそこに集中していくようだ。

静かに呼吸をするだけで体がふわふわと軽くなる。賊がこちらを見る目が、訝しむように歪む。

「は？　出来損ないのうさぎがなに言って——」

「私はなにを言われても構いません。クレイデル王子とロゥを侮辱したことを謝罪してください」

剣を握った指先が痺れ始める。全身の毛が逆立つ感じがして、以前、賊のとりに応戦した時と同じ、剣の先まで一体化したような気持ちだ。

パチパチ、と耳元でなにかが爆ぜる音がする。

「なに、お前……その剣、まさか」

辺りが急に明るくなってきて、リトの足元に影が落ちる。

月でも落ちてきたのかと思うような明るさに怯えた賊がじりと後退《あとずさ》り、クレイデルの体を落とした。

「！」

ロゥが飛びついて、クレイデルの体が地面に打ち付けられることなく温かな腕の中に納まったのを、リトは冷静に確認した。

クレイデルさえ助かれば、もうあとはこの賊に用はない。望むことは、ただ一つだけだ。

「さあ」

後退って開いた分の距離を埋めるようにリトが賊に向かって一歩踏み出すと、頭上で耳が揺れた。

足元に落ちた自分の影を見下ろすと、垂れていたはずの耳がピンと立ち上がっている。ロゥに抱かれて力なく身を委《ゆだ》ねているクレイデルがリトを指さして、なにか言っているような気がした。

そのあどけない表情を汚そうとした罪は、重い。

「あなたがすべきことはたった二つです。私たちに謝罪して、依頼者の名前を吐いてください」

「ふ、っ……ふざけ――……っ」

笑みを完全になくした賊が、大きく震えあがって踵を返した。その先は森だ。森の中の、土の下にでも逃げられたら見失ってしまう。

リトは握りしめた剣を振り上げて、賊に向けて強く――振り下ろした。

「――……！」

空を切り裂くような、雷光。

森が揺れる地響きとともに目が潰れそうなまばゆさが一帯を包んだかと思うと――やがて、肉の焦げるような臭いとともにゆっくりと、夜の静けさが戻ってきた。

「………」

森に向かって駆け出そうとしていた賊の姿は黒焦げになって、地面に倒れ込んでいる。びくともしない。

それを確認すると、リトは剣を構えていた腕を下ろした。

「リト」

クレイデルを片腕に抱え、足を引きずりながらロゥが駆けつけてくる。

昔のこととか怪我のこととか、聞きたいことはたくさんあるけれど。

「……今のは……？」

呆然と呟いたリトを、ロゥが黙ったままもう一方の手でぐっと抱き寄せる。

ロゥだって足を怪我しているのに。それでもロゥの匂いに包まれて、クレイデルの泣きじゃくる顔を間近に見つめると体の力が抜けていく。

「王子、……怖い思いをさせてすみませんでした。ご無事で、よかった……」

クレイデルの頬に手を伸ばす。

ロゥの腕に抱かれてようやく堰《せき》を切ったようにあふれ出した涙と泥で汚れた柔らかな頬を撫でると、この温もりが失われることがなくて本当によかったと思う。

「リト、……ごめんね、ぼく……っ、リト……！」

クレイデルの伸ばしてきた腕に抱き寄せられて、身を任せる。

頭上に立ち上がっていた耳がまたゆっくりと垂れてきて髪の上に落ち着くと、リトはクレイデルとロゥの温もりを感じながらゆっくりと目を閉じた。

「っ、クレイデル王子！」

底なし沼のような深い眠りから覚めて跳ね起きると、夜は明け、空は穏やかに晴れていた。

どこか遠くからスズメたちの平和なさえずりが聞こえてくる。

「あ、リトおはよう！」

「――――……」

辺りは古代うさぎの国があったと思われる遺跡で、見渡す限り瓦礫が広がっている。

見晴らしのいい平地でリトが身を起こしたのを見つけたクレイデルが、元気よく駆けてきた。

「おなかすいてるでしょ。木のみ、いっぱいあるからごはんにしよう」

まずはこれ、と水がたくさん入った水筒を押し付けられてリトは呆然と目を瞬かせた。

「……夢……？」

掠れた声で、思わず呟く。

あまりにもクレイデルがいつも通りに笑うものだから。

夢だとしたらあまりに趣味が悪すぎる。リトは虚脱した体の重さを感じながら、自分の耳に触れてみた。いつも通りふにゃっと垂れている。当たり前だ。この耳が、立ち上がるはずがない。

「つぎは、これ」

やけに張り切った様子でみずみずしい果物を差し出してくるクレイデルの笑顔を見つめると、嫌な夢が泡のように消えていくようだ。

しかし。

「やっと目を覚ましたか」

安堵《あんど》したような声に振り向くと、剣を杖代わりにしたロゥが片足を引きずって森から出てきた。

「ロゥ……」

やっぱり、夢じゃない。

クレイデルがさらわれたのも、痛めつけられたことも――心の傷も。

それなのに従者に水や果物を用意してくれる主に申し訳がなくてリトが居住まいを正そうとした時、当のクレイデルはロゥのもとまで軽やかに駆けて行ってしまった。

「ロゥ、大じょうぶ？　ころばないでね」

「ああ、ありがとう」

膝ほどの背丈しかないクレイデルでは支えにはならないだろうけれど、駆け寄られたロゥはふと双眸を細めて笑った。

「………」

胸に棘《とげ》が刺さったような痛みを覚えて、リトは胸を押さえた。

主を差しおいて死んだように眠っていた罪悪感だろうか、リトが水筒の水を飲んで胸の違和感をなくそうとした時、クレイデルの笑い声が聞こえた。

ロゥが振った尻尾に頭を撫でられたクレイデルが、はしゃいで尻尾に抱きついている。

「――……」

まただ。

胸がもやもやとして、なんだか嫌な気持ちだ。微笑ましい光景のはずなのに、見ていたくないような気分になる。

いくら冷たい水を飲んでも治まらなくて、クレイデルの喜ぶ姿にロゥの低い笑い声が重なるとともじゃないけど耐えられなくなった。

「ロゥ、肩を貸しましょう」

我慢できずに立ち上がるとロゥとクレイデルが同時にリトを見る。

その反応が揃《そろ》っていることにさえ、普通なら微笑ましく思えるようなことがもやもやする。

「また足を怪我させてしまいましたから」

歩み寄ったリトが手を差し出して顔を窺うと、一瞬目を瞬かせたロゥが苦笑を浮かべた。

「……昔の怪我は、お前のせいじゃない」

ロゥの腕を自分の肩にかけて、リトの寝具のほうへと誘導する。遠慮がちにかけられた体重が心地よくて、胸のつかえが取れていくようだ。

「足元気を付けてください」

「ああ」

リトに凭れるような格好で身を屈めたロゥの声がすぐ耳元で聞こえると、今度はもやもやするどころか胸が大きく騒ぎ始める。

だけどそれを悟られちゃいけない。

ただでさえ、怪我をしたロゥやクレイデルを放って一人で眠っていたようなのに。

「私はずいぶん眠っていたんでしょうか」

「うん、リト二日くらいねてたよ」

「！」

リトとロゥの周りを心配そうに歩いていたクレイデルに言われて、思わずロゥごと転びそうになってしまった。

すんでのところで堪えて、敷いたままの寝具の上にロゥを座らせる。

「そ……そんなにですか？　申し訳ありません、起こしてくだされば――」

「リトはまほうをつかったから、すっごくつかれてるんだって」

ロゥの膝に手をかけてリトに身を乗り出したクレイデルが、何故か誇らしげに言う。

魔法。

リトはいつかクレイデルと見た城の庭園での綿毛を思い出していた。

「……魔法？」

「リトおぼえてないの？　かみなりがビカビカーって、バシャーンって」

ね、とクレイデルがロゥに同意を求める。

ロゥも珍しく屈託ない笑いを浮かべて、リトを見た。

「覚えてないのか？」

覚えてないかと言われれば、覚えているような気もする。

ロゥやクレイデルの怪我が夢じゃないということは、あの稲妻が賊を退けたというのも現実なのだろう。

だけどあれが自分の放った魔法だと言われると、にわかには信じ難い。

生まれつき垂れた耳をかしかしと掻いて、ロゥとクレイデルを交互に見る。クレイデルはキラキラとした目をリトに向けているけれど――ロゥは大して驚いていないようだ。

「あれが魔法だと、……どうしてわかるんですか？」

ただたまたま、落雷しただけかもしれない。雲一つない夜空だったけれど。

「俺は一度見たことがあるからな」

「え!?」

リトとクレイデルが声を揃える。

「ロゥ、まほう見たことあるの？　どこで？　どんなまほう？」

クレイデルがロゥに飛びかかると、リトの胸が騒いだ。この病気はどんどん悪化しているように感じる。帰国後に医者にかかって治せるものかどうか、不安になってくるほどに。

「昔、俺を助けてくれた人が同じ魔法を使ってたんだ」

詳しく話を聞きたがるクレイデルの頭を撫でたロゥと目が合って、リトは声をあげそうになった。

ハイエナたちに囲まれた穴倉――あの窮地を切り抜けたのは、自分の魔法だったのか。

脳裏に浮かぶまばゆい雷光が、二日前のものなのか遠い昔の記憶なのかもう定かじゃない。

リトは自分の掌をじっと見下ろした。

意識を集中させるとピリピリと痺れるような感覚が蘇《よみがえ》ってくる。

「でもどうして私が、魔法を……」

「先祖返りだろ」

「うさぎは、まほうをつかえたんでしょ？　だから、リトがつかえてもへんじゃないよ」

リトの呟きに二人がかりで返されると、思わず気圧《けお》されてしまう。

魔法を使えるうさぎなんて今まで見たこともなかったのに、まさか自分が使えるようになるなんて、クレイデルやロゥのようにすんなりと受け入れられない。

でも、この力のおかげで二人を助けることができた。

それだけは確かだ。

「あのね、まほうをつかったあとはすっごくつかれるんだって。だから、リトはやすんでて」

不意にクレイデルから腕を引かれて寝具の上、ロゥの隣に押しやられる。

疲れるといっても二日も眠っていたら十分休みすぎな気がするけれど——ロゥの足がこれでは、すぐに帰路につくことも難しいか。

戸惑いがちにクレイデルを見上げると、きりりと眉を吊《つ》り上げた主が腰に手をあてて胸を張る。

「今日のごはんは、ぼくがとってくるから。二人はここでまってて！」

「!?　お待ちください、クレ……！」

誇らしげに己の胸を叩いて見せたクレイデルが、リトの制止の声も待たずに踵を返すや否や森に向かって駆けていく。その後姿はあっという間に遠くなって、クレイデルがこの旅でどれだけ足腰が鍛えられたかということを目の当たりにするようだ。

足腰だけじゃない。

あんな恐ろしい目に遭ったのに、リトの体調やロゥの怪我を心配して自分がすべきことをしようとしている。その姿が驚くほど頼もしくて、リトは胸が詰まった。

「妙な気配を感じたら、すぐに向かう。安心しろ」

剣を手にしたままのロゥも、クレイデルの自立した後ろ姿を見つめたまま鼻を鳴らしている。

クレイデルは森の深くまでは立ち入らず、手前のところで木の実を探しているようだ。これならば確かに安心かもしれない。

なにより、クレイデルの自立心を尊重したい。

「――あの……すみませんでした、すっかり昔のことを忘れていて……」

ロゥの隣に座り直して、言葉を探す。

どうしてあんな大変なことを忘れていたのだろう。あの少年は、リトにとって初めての友達だったのに。

「あの時もお前は魔法を使った後、気を失っていたからな。仕方ないだろう」

隣でロゥが昔のことを思い返すように笑う。

あの時の少年が今、自分の隣でこんなに逞しくなっているなんて。なんだかロゥの座っているほうの体の半分がむず痒い。

「俺は忘れなかった。それでいいんだ」

「――……」

クレイデルに視線を向けたまま静かに呟くロゥの横顔を盗み見る。

透けるような白銀の髪と、美しい金色の目。初めて会った時は泥にまみれていたけど――その時から、きれいだった。今ならはっきりと思い出せる。

「あの時……ハイエナの群れから逃げ出した後、気を失った私のことをロゥが運んでくれたんですか？」

「ああ。それくらいのことしかできなかった」

ロゥはあの時ひどい怪我をしていて、穴倉から出ることもできなかったのに。

瀕死《ひんし》のおおかみの少年が、いったいどんな苦労をしてクローヴァ王国までリトを運んでくれたのだろう。

「……それに、そのおかげで騎士団長に拾ってもらえたしな」

ロゥがこちらを向くと目が合って、竦み上がったリトは慌てて顔を逸らした。

心臓がうるさく騒いで、耳の先まで熱くなってくる。

「傷だらけのおおかみを保護して、他のうさぎたちには内緒で育ててくれた騎士団長には感謝してる」

私も、と口にしそうになってリトは顔を伏せた。

騎士団長がロゥを養子に迎えてくれなければ――こうして再会を果たすこともなかった。きっとおおかみの少年のことは忘れて、おおかみは恐ろしいと思っていただろう。

特別なおおかみはいるのに。

「ロゥがクローヴァ王国にいてくれて、よかったです」

面映《おもは》ゆさを覚えながら、リトはロゥをもう一度窺い見た。

ロゥはまだリトを見つめたままだ。思わず一度視線を逸らしてから——もう一度、ロゥに戻す。

優しくて温かくて、包み込まれるような目だ。

騎士団長がロゥを保護してくれて、ロゥがクローヴァ王国で騎士として仕えてくれたからこうして一緒に旅をすることもできた。

——たとえこの旅が仕組まれたものだったとしても。

「…………」

ふと重い気持ちに心を塞がれて視線を落とすと、薄暗い空に浮かび上がった賊の呪いのような言葉を思い出す。

リトたちは「要らない」から森の中に放り出されたのだろう、ということ。「依頼主」はリトだけじゃなく、クレイデルもロゥも始末しようとしていたこと。

それはつまり、帰国しても歓迎はされないということだ。

あの賊のせいでクレイデルもそれを知ってしまった。自分の兄に疎まれることがどんなに苦しいか、リトには痛いくらいわかるのに守ることができなかった。

衝動的に膝を抱え込んで体を丸めようとしたリトの手を、熱いものがぎゅっと握りしめた。

「ロゥ……」

大きな掌が、強張ったリトの心をつなぎとめるように重なっている。

仰いだロゥはなにも言わない。言わないけれど、触れ合った場所からロゥの心音が流れ込んできた。

きっと、リトの鼓動も伝わっているだろう。

ロゥもリトも、クレイデルも無事に生きていて、あとはクローヴァ王国に帰るだけだ。帰りたい。

三人で。

そう言われているようで、なんだかひどく安心する。

リトが握られた手を反転させて掌を合わせると、ぎこちなく指が絡んでくる。

クレイデルがさらわれたあの晩、取り乱したリトの唇を塞いだ熱を思い出して、ロゥの口元に視線が吸い寄せられる。

たぶん、ロゥも同じことを考えている。

こうして手を合わせているだけでも十分安心するのに。

徐々に速くなっていく鼓動が自分のものなのかロゥのものなのか、わからない。

近付いてくる影にリトは自然と、瞼を落としていた。

「…………じー……」

その時。

突き刺さるような視線を感じて、リトとロゥは同時に振り向いた。

そこには、いつの間にか果物の収穫を終えて戻ってきていたクレイデルの姿があった。

「!!」

「クっ……クレっ、デデ……っ王子、っ！」

すっとんきょうな声とともに飛び上がったリトに突き飛ばされたロゥがその場に倒れ込んで顔を伏せる。その力ない尻尾も、リトの耳の熱も、その日しばらくはもとに戻らなかった。

＊　＊

「ロゥ、足、大じょうぶ？」

「痛んだらすぐに言ってくださいね」

古代うさぎの遺跡を出発して帰路についたのは、五日前。

いつまでも森の中で過ごしているわけにはいかないだろうとロゥが言い出したことでクローヴァ王国に向けて、来た道を戻ることにした。

とはいえ遺跡を探しに来た時と違って、クローヴァ王国の場所ははっきりとわかる。

あるかないかもわからない遺跡を右往左往しながら探し回る往路よりも、着実に王国へ近付いてきているのは実感していた。

途中、空を行くツバメたちに方向を確認しながらの旅はのどかなものだった。

リトの魔法のせいなのか、賊の気配もなく、おおかみの匂いを恐れてただの山賊もやってこない。

懸念点があるとすればロゥの足の怪我くらいだ。

「大丈夫だ、と何回言えば安心するんだ」

日に何度もクレイデルとリトに様子を窺われるロゥはうんざりした様子で、尋ねられるたびに呆れながらも笑っていた。

クレイデルもすっかり逞しくなったおかげで背負う必要もない——と本人の談だが、リトはそれが少し寂しくもある。

結局、この旅で自分は二度も気を失って二人に心配をかけてしまった。お荷物は自分だけかと思うと、従者として恥ずかしい。

「なにを言ってる」

「そうだよ、リトはまほうつかい！　なんだから」

リトが落ち込みかけると、今度はロゥとクレイデルが二人がかりで怒り出す。

クレイデルが疲れた素振りを見せればリトとロゥが我先にとクレイデルを気遣おうとするし、なんだかすっかり気持ちの通ったパーティになったようでリトはただ歩いているだけでも楽しくなってきてしまう。

森の道は険しいこともあるし、城のベッドだって恋しいはずなのに。

いつまでもこの旅が続けば――と。そう考えることは従者としてあるまじきことなのだけれど。

「魔法使いといっても、魔法を使おうと思って使えるわけでもないですから」

リトが知る限り、まだ二回。

以前フードをかぶった賊に護身用の小剣を投げつけた時に指先がピリピリとしたのも魔法だとすれば、かろうじて三回という程度だ。

どうも攻撃特化の魔法という感じがするし、クレイデルが夢見ていたような優しい綿毛の魔法とはちょっと程遠い。

「道すがら、練習でもしてみるか」

「練習？」

ロゥが腰の大剣に手をかける。

「剣技も一朝一夕で磨かれるものじゃない。毎日の鍛錬で成果が得られるものだ」

騎士団長の秘蔵っ子と呼ばれ、得体の知れない不気味さがありながらも騎士団から一目を置かれるほどの腕利きと呼ばれるロゥでさえも。

リトが息を呑むと、クレイデルもやけに大人びた顔でうんうんと肯いた。

「おべんきょうも、まい日こつこつやれってリトがいってた」

腕を組んでもっともらしく言うクレイデルの仕草にリトは思わず噴き出して、ついその小さな主を抱き上げた。なんだかクレイデルが大人になってしまうのが寂しくて。

「そうですね。雷の魔法も、たくさん練習したら素敵な魔法になるかもしれません」

突然抱き上げられたクレイデルが手足をばたつかせるけれど、柔らかなお日様の香りがする体をぎゅっと抱きしめてしばらく歩く。

今はまだ思いつかないけれど、いつかクレイデルを笑顔にする魔法を使えるようになるかもしれない。

「もー、リト！　おろして！」

「嫌です。もうちょっと私の可愛い王子でいてください」

「ぼく、もうじぶんであるけるのに！」

文句を言いながらもリトの耳を摑むクレイデルの手は優しい。

リトが声をあげて笑うと、ロゥもその様子に双眸を細める。その穏やかな表情に気付いたのはリトだけではなくて。

「……ねえ、ロゥはおしろにもどったら、またよろいをきちゃうの？」

リトの腕の中に収まったクレイデルがロゥの顔を覗き込むように首を傾げる。

そういえば、そろそろロゥが脱いだ鎧を隠した泉の近くに差し掛かる。

それを拾えばあとはクローヴァ王国まで、鎧を着たほうが運搬しやすいかもしれない。そうなればこの穏やかな表情を見ることもなくなってしまう。おおかみの匂いを嗅ぐこともなければ、触れ合うことも難しい。

「そうだな。おおかみがクローヴァ王国に入るわけにはいかない」

「ふかふかの耳も、大きいしっぽもさわれなくなっちゃう？」

クレイデルがわかりやすく肩を落としたのを見て、ロゥは首を竦めるとリトの前へ――正確にはリトに抱かれたクレイデルへ、頭を下げた。

「今のうちに触っておくといい」

それは他愛のない戯言《ざれごと》だったのかもしれないけれど。

いつもは高い位置にあって容易に触れることのできないロゥの耳が目の前に差し出されたことで喜んだクレイデルが諸手《もろて》を上げると、リトの胸がチクリと痛んだ。

クレイデルを抱いているリトの手は、ロゥの耳に触れることができない。

そうじゃなくても、果たしてクレイデルの見ている前でロゥの耳に触ることができるだろうか。尻尾は抱いて寝ていたことがある――らしいけれど耳に触ったことなんてないし、ましてクレイデルを押しのけてまでなんて。

でも。

「――……」

クレイデルが目の前でロゥの分厚い耳にぱふっと触れると、思わずクレイデルを抱いたまま体を反転させて意地悪をしたくなってしまう。

ぴくりと腕が震えただけで押し留めた、けれど。

「リト？」

「へっ？　な、なんでしょう」

ロゥの耳をつまんだままのクレイデルに見上げられた瞬間、心を見透かされたのかと思ってぎくりとした。

クレイデルの透き通った瞳がリトを仰ぐ。いたたまれなくなって視線を逸らしそうになった時。

「……またやきもち？」

「！　な、なんっ……やきもちって、……っそんな、あの、私は」

かあっと顔が熱くなってきて思わずクレイデルを手放しそうになると、ロゥが慌ててその体を支えた。リトの腕の上に重なる掌。

「……！」

どっと心臓が跳ねて、目の前に火花が散ったように感じた。

見上げたロゥと視線が合うと、ロゥもどこか居心地が悪そうにしている。クレイデルを挟んだお互いの腕の間から湯気がのぼりそうなくらい汗ばんでいく。

「リトのお耳もさわってあげるね！」

間に挟まれたクレイデルがリトの垂れ耳を摑む。

「あ、……」

リトがやきもちをやく相手。

それが今や——もうどちらなのか、わからない。

「と、とにかく……王国まであと少しだ。気を引き締めていこう」

「そそそ、そうですね！　確かロゥの鎧はこちらの泉のほうへ——」

パッと身を離してそれぞれ明後日《あさって》の方向を向いたのはお互い様なのに、おおかみの匂いが遠ざかってしまうとリトは少し気持ちが沈むのを感じていた。

クレイデルの言う通り、ロゥが鎧を着てしまったら寂しくなる。

城内で全身鎧姿のロゥを見かけることも、話をすることだってできるだろうけれど。

どことなく見覚えのある道を進み、鎧の入った袋を隠した草むらを見つける。

この辺りは、最初の賊に出くわした場所だ。まだロゥがおおかみだということもなにも知らなかった頃に通った道。

「鎧は無事ですか？」

草の間から鎧を引きずり出すロゥに、クレイデルが手を貸しに駆け寄る。

リトがそれを覗き込んで盗難品がないか尋ねた時、背後から鎧の音が聞こえた。

「？」

鎧は、ロゥの手にした麻の袋の中にあるはずだ。

だけど妙に聞きなじみのある音に振り返ると、その音は幾重にも増幅して森の中にこだましていく。

「……っ」

咄嗟に身構えたロゥがクレイデルを抱き寄せる、が。

「――クレイデル王子、リト殿。お待ちしておりました」

クローヴァ王国の紋章が刻まれた甲冑《かっちゅう》と盾。

リトたちをぐるりと取り囲んだのは、騎士団の見知った顔ばかりだった。

長い間三人で旅をしてきて、クローヴァ王国のうさぎたちに会うのは久しぶりだから懐かしくもある——けれど。

「迎えに来てくれた……わけじゃ、なさそうだな」

ゆっくりと腰を上げたロゥが呟く。

鎧を脱いだロゥのおおかみの姿を見て、周りを取り囲んだ騎士団が身構えたのがわかった。

「ロ——……」

「クレイデル王子をさらったのは貴様だな」

リトが口を開いたのと、騎士団がロゥに剣を向けたのはほとんど同時だった。

咄嗟に、騎士団長の姿を探す。彼だけは知っているはずだ。ロゥが何年もの間、クローヴァ王国に仕えてきた騎士だということを。

「やめてください、誤解です！」

騎士団長の姿を探しながら、ロゥの前に歩み出る。騎士の一人に保護されそうになったクレイデルもひらりと身を翻《ひるがえ》してリトの隣に並ぶ。

バイザーを上げた騎士団長の姿は若い騎士たちの後ろにあって、こちらを見ない。

リトは奥歯を噛みしめて呼吸を整えると、目の前の騎士を見据えた。

「……私たちは国王陛下の許しを得て、古代うさぎの遺跡を訪ねていました。それだけです」

「陛下は許可などしていないと仰《おっしゃ》られている」

「っ！」

シュリーチカの策謀だ。

陛下に伝えておくなどという言葉を信じてはいけなかった。

人形のような冷徹な表情をした王子の顔を思い浮かべて、リトはクレイデルの肩を抱き寄せた。手が震える。

「クレイデル王子、さあこちらへ。そのような者たちに連れ回され、恐ろしい思いをされたでしょう」

「ぼく、さらわれてないよ！」

差し出された騎士の手に背を向けてリトに抱きついたクレイデルの姿を見ると、騎士たちが訝し気に表情を翳らせた。

クレイデル本人が行きたいと言い出した旅だ。

確かに自分で国王に許可を得なかったことがなによりの過《あやま》ちだけれど、国王の執務も助けているシユリーチカがそんな嘘をつくなんて思っていなかったから。

あんな賊を向けられた今となっては、信じ難いことだとも思えないけれど。

「クレイデル王子……」

クレイデルに目線を合わせるように身を屈めていた騎士が腰を上げる。その鎧の金属音が、以前のロゥを思い出させた。

まずは誤解を解くことが先決だ。

結果的に国王に無断だったとはいえクレイデルも望んで旅に出たということ。それから、ロゥがクローヴァ王国の騎士だということ。

騎士団長だっている。きっと話せばわかってもらえるだろう。

足元のクレイデルを安心させるようにぎゅっと抱き寄せて、リトは胸を張って騎士たちに対峙した。

一から事情を説明しようと、口を開いたその時――騎士の剣が、リトに向けられた。

「っ！」

「リト殿、どういうことかご説明いただきましょう」

剣を構えた騎士の表情は静かで、残酷な光を帯びている。

他の騎士たちを見回しても険しい表情で、ある者は隙を見てクレイデルを取り上げようと――救い出そうと、機を計っているようにも見えた。

信じてもらえていない。さっと頭から冷たくなっていく。

「長年従者として仕えてきた血筋のあなたが、まさかおおかみと共謀して王子をさらうなんて……」

「違います、私は従者として王子に……」

「やはりアンテ殿の言う通りか」

目の前が真っ暗になるというのはこういうことなのだろう。

そうだ。シュリーチカもアンテも、リトごとクレイデルを排除したいと思っているなら垂れ耳の出来損ないなど最初から信用できなかったのだということくらい当たり前だった。

リトが大変なことをしでかして申し訳ないと国王に頭を下げるアンテの姿が目に浮かぶようだ。

「――――……」

返す言葉をなくしたリトが立ち尽くしていると、背後から低い唸り声が聞こえてきた。

「……ロゥ！」

振り返ると、毛を逆立てたおおかみが牙をむいている。

「貴様！」

にわかに殺気立った騎士たちが一斉に剣を構え、ロゥに矛先を向ける。

さっきまでとは明らかに敵意の強さが違う。中には息を荒くし、手を震わせている若い騎士もいるようだ。

――おおかみを恐れている。

それは仕方のないことなのかもしれない。だけど。

「待ってください、彼は……！」

騎士たちの中にはロゥと一緒に鍛錬を積んできた者もいるだろう。リトがクレイデルと一緒にロゥの前に立ち塞がると、騎士たちの間を縫ってゆっくりと騎士団長が歩み出てきた。

リトが安堵したのも束《つか》の間《ま》、沈痛な面持ちの騎士団長は長いため息を吐いた。

「……ロゥ。おとなしく連行されてくれ」

「っ！」

拳を握りしめて騎士団長を仰いだリトの手にピリピリとした痺れが走る。

レガリアは、荷物の中だ。だけどこのままでも魔法を使うことはできるかもしれない。

でも――クローヴァ王国の騎士団に攻撃をすれば、もう二度と国に戻ることはできない。リトだけじゃなく、クレイデルも、ロゥも。

「お前の言い分は、陛下の前で聞く」

深い皺を刻んだ顔を伏せた騎士団長のしゃがれた声に、ロゥの唸り声が消えていく。

リトも仕方なく拳を下げると、クレイデルがしがみついた手にぎゅっと力をこめた。決して引き離されまいとするように。

「なあ、聞いたか？　クレイデル王子、森に連れ去られていたらしい……お可哀想に、恐ろしかっただろうな」

「リト殿がおおかみと？　やはり、他のうさぎとは違うから……」

「あの鎧の騎士はおおかみだったらしいぞ。今まで行方不明になったうさぎは、もしかしたら……。このクローヴァ王国におおかみがいたなんて信じられないよな」

　騎士団に連れられてリトたちが城に戻った頃には、既に噂話は城内に広まっていた。

　通常、騎士は出立の時に家族にも任務を漏らさないように言われているはずだ。だとしたら騎士団が帰国する前にリトたちのことを知っていた者が、あらかじめ城内に噂を流したのだろう。

　リトが知る限り、クレイデルが森に向かったことを知っているのはただの二人だけだ。

　彼らが、ロゥのことまで知っているとは思わなかったけれど――ただの山賊ではないならず者たちが、こちらにおおかみがいるということを知っていたのも事実だ。

　ロゥの言う通り、シュリーチカはこれを機にすべてを処分したかったということなのだろう。王位継承権を脅《おびや》かす末王子も、よそ者の騎士も、出来損ないの垂れ耳も。

　玉座の前で頭を下げたリトは冷静だった。

　クレイデルは乳母だった者に抱き上げられ、リトのそばに近寄ることも許されない。

リトは一族の名もあって拘束は免除されたものの、ロゥはおおかみだからという理由できつく縛り上げられて国王を待っていた。

玉座の間では人間の大臣、うさぎの貴族が数名と、リトとアンテの父、アンテ、そしてシュリーチカがリトたちを見下ろしている。

自分たちは間違ったことをしたわけじゃない。陛下ならばわかってくださる。

その信頼が、リトの気持ちを落ち着かせていた。

「陛下がおなりです」

国王の従者でもあるリトの父が静かに言い放つ。

父もまた、取り乱した様子はない。それがリトへの信頼によるものなのか諦めなのか、わからないけれど。

しばらくすると静かな足音だけが聞こえてリトたち以外も頭を下げた気配を感じた。

「ちち上！　リトもロゥも、わるくない！　ぼくが――」

「クレイデル」

玉座の国王に駆け寄るクレイデルの足音と、国王のそれを諌める声が響く。リトは身を固くして、それにただ耳を澄ませていることしかできない。

やがて、国王が玉座に腰を下ろしてマントをさばく衣擦れの音がした。誰もが息を潜め、国王の第一声を待っている。水を打つような静けさだけが広がった。

「――リト、顔を上げなさい」

厳《おごそ》かだけれど冷たくない、優しいだけではない静かな声に促されてリトはゆっくりと国王を仰いだ。

クレイデルが后の前でリトを心配そうに見つめている。ロゥの表情は、見えない。

「クレイデルを森へ連れて行ったことに相違ないか」

「……っ！」

否定しようとしたクレイデルを制したのはリトだった。

呼吸を整えて、シュリーチカを窺う。自動人形のように怜悧な顔をした第二王子は、眉一つ動かさずにリトを見つめている。目を逸らすような真似もしない。

「間違いありません」

リトは視線を伏せてはっきりと答えると、腰に差していた剣《レガリア》を抜いた。

扉の前で控えていた騎士たちが色めき立つ。

剣を取りに行くように仕向けたシュリーチカでさえ、眉を顰めたように見えた。国王陛下の前でむき出しの剣を出すなど、確かに罰せられてもおかしくはない。

剣をそのまま床に伏せて国王の前へ差し出す。金属が石の床の上を滑る、冷たい音がした。

「――古代うさぎが暮らしていたとされる遺跡へ、この剣を探しに行くことが目的でした」

国王が目配せをすると人間の大臣が歩み寄ってきて、剣を持っていく。ロゥがあんなに引っ張っても抜くことのできなかった、リトにしか扱えないと思っていた剣があっけなく遠ざかっていく。

研究職の大臣なのだろう、興味深そうに手の中の古びた剣を見下ろしている。見覚えのないものだとでもいうように国王に首を振ると、国王がゆっくりと頬杖をついてリトを見下ろした。

「古代うさぎの遺跡にクレイデルが必要だったわけはなんだ」

「それは……」

わざと言い淀んでもう一度シュリーチカを見やる。長い髪で耳を隠したシュリーチカは剣を手にした大臣を見たまま、こちらを気にも留めていない。

存在しないもののように扱われることには慣れている。リトは静かに国王へ視線を戻した。

「――クレイデル王子がその剣を必要としたためです」

国王と后が、まるで拘束されるように抱き上げたクレイデルを見た。

絨毯《じゅうたん》の敷かれた床にゆっくりと下ろされたクレイデルは背筋をしゃんと伸ばして、国王に向き直る。

そこにあるのは幼い末王子ではなく、立派な第三王子の姿だ。

「まほうのけんがあれば、アネモネにいさまのびょう気がなおるっておもったんです」

アネモネはこの場にはいない。クレイデルがさらわれたとされている騒動は、病床に伏せた彼の耳に届いているのだろうか。クレイデルを可愛がるアネモネが心配していたかと考えると胸が痛む。

リトは黙って顔を伏せて、クレイデルのいじらしい気持ちが国王に伝わることを祈った。

「魔法？」

国王が声をあげると、周囲の大臣たちからも苦笑混じりのざわめきが起こった。

かつて魔法があったことは、疑う余地もないことだ。だけどそれが途絶えてしまったのもはっきりしていて。

リトは静かに膝の上の手を握りしめた。

「……そうね。古代うさぎの魔法は、それは素晴らしいものだったわ」

クレイデルを優しく諭したのは后だった。末王子が、少し見ない間に凜とした表情になっていることは母親である彼女にはわかっているのだろう。

「でもね、クレイデル。魔法は遠い昔に失われてしまった力なの。私たちだって魔法でアネモネの病が治るなら嬉しいわ。だけどそんなこと……」

「まほうのけんのことは、シュリーチカにいさまにききました」

「！」

まさかクレイデルがそこまで言うとは思っていなくて、リトは思わず顔を上げた。

クレイデルにとっては、シュリーチカも大事な兄だ。そうでなくても、従者であるリトの口からシュリーチカを追及するようなことは口にしかねた。

シュリーチカの顔を窺う。

既に剣を見ることには飽いたのか、第二王子は澄ました顔で佇んでいる。

古代うさぎの国に遺されたレガリアはもしかしたら魔法の剣などではなかったのかもしれない。シュリーチカもそんなものがあるとは知らず、旅に出したのだろう。それがなにを古びた剣を拾ってきたのだと内心笑っているかもしれない。

リトにとってはどうだっていいことだ。

「シュリーチカ」

厳しく追及するでもなく淡々と意見を求めるように振り向いた国王に、シュリーチカが頭を垂れる。

肩の上を、赤みがかった金髪が滑り落ちた。

「畏《おそ》れながら陛下、身に覚えがありません」

短く答えてから顔を上げたシュリーチカが、后のそばに寄り添ったクレイデルを見る。

その視線には戸惑いも嫌悪も好意も、なにも読み取ることができない。

「最後に魔法が目撃されたのは五百年前のことです。アネモネ王子の健康をお祈りする気持ちは私も同じですが――今更魔法に縋ろうなど、夢物語です。私がそんな戯言を言うとお思いですか？」

シュリーチカの怜悧な言葉に、国王は肯くとも、首をひねるともいえない仕草で顎を撫でた。

国王がクレイデルの言葉を否定しないでいてくれるだけましなものだ。リトは諦めにも似た気持ちに襲われて床を見つめた。

シュリーチカの言葉を信じたからといって、クレイデルが罰せられる心配はない。彼は被害者でしかないのだから。この場で責められるべきは――目的はなんであれ――クレイデルを危険な森へ連れ出したリトでしかない。

魔法の剣があろうとなかろうと、どうだっていい話だった。

クレイデルと引き離されてしまうのは耐え難いが、リトが責を負うだけで済む話なら。そう思い始めていた。最初にシュリーチカの言質《げんち》を取っておかなかったのはリトなのだから。

いくら出来損ないとはいえ、リトは王家に仕える家柄だ。城から追い出されることさえなければ遠くからクレイデルを守ることはできるだろう。それでいい。

「畏れながら陛下」

静かに覚悟を決めて瞼を閉じていたリトの耳に、アンテの声が飛び込んできて反射的に体が強張る。

アンテは胸に手をあてがって国王に対する礼を尽くしてから、仰々《ぎょうぎょう》しくこちらをさした。

「クレイデル王子とその従者、リトはそこの騎士にそそのかされたのではないかと思われます」

「！」

アンテを仰ぎ、目を瞠る。

アンテもシュリーチカも、国王でさえリトを見てはいなかった。

その背後――扉の前で縛り上げられ、騎士たちに剣を向けられたまま言葉を発することすら許されていないロゥを、場の者たち全員が注視する。

「おおかみであることを隠し、クローヴァ王国騎士団に従属しながらこの機を窺っていたのやもしれません」

「違います！　ロゥが私たちの護衛についたのだって――」

シュリーチカとアンテが決めたことだ。

しかしリトがそこまで訴える前に、国王の従者である父から口を慎めと叱咤されてしまった。

発言は、国王の許しを得てから。リトは慌てて国王に頭を下げた。

「陛下、お聞きください！」

「誰がなにを言おうと、この男がおおかみであることに変わりない」

「陛下……！」

ロゥはなにも言わない。

じっとして、静かに視線を伏せているだけだ。頭上の耳はピンと立ってこちらの話を聞いているけれど尻尾は床の上でぴくりともしない。

ロゥはクレイデルとリトを立派に守ってくれたし、長年クローヴァ王国に仕えてくれた。

ただおおかみだというだけだ。

最初はリトだっておおかみが怖かったけれど、ロゥと話してみれば彼がどんなに優しいかわかるはずなのに。

「陛下」

諦めきれずに懇願の声をあげたリトを、シュリーチカがちらりと見た。

初めて、目を眇めるような動きを見せる。それは、勝利を確信した者の嘲笑のようだった。

「リト殿は既におおかみに洗脳されておいでだ。……それとも以前から一緒に計画を練っていたのではあるまいな」

「そんなこと――」

ロゥが悪事を企《たくら》むようなおおかみじゃないということを証明するのに、リトでは足りない。リトもクレイデルをさらった罪人という扱いなのだから。

しきりに后に無罪を訴えているクレイデルがなにを言っても「子供の戯言」と憐《あわ》れまれておしまいだ。

騎士団長ならばあるいは、と思うけれど――彼はこの場にいない。おおかみを長年匿《かくま》っていたのだから、無理もない。

「答えろ。貴様らの目的はなんだったんだ？　クレイデルを森へ連れ出し、どうするつもりだった。いたぶるのが目的か、それともクレイデルを利用してクローヴァ王国に仇《あだ》なすつもりだったのか」

　シュリーチカの声が玉座の間に響く。

　その凛とした声に大臣たちの心が引き寄せられ、場の空気が一気にシュリーチカのものになるようだった。

「仇なす……？」

　この場で裁きを下す人間が、国王を差しおいてシュリーチカであるような錯覚を覚える。

　ぽつりと呟いた声は自分でも驚くほど低く、まるでロゥの唸り声のようだった。

　それがリトの声だと、クレイデルさえも一瞬気付いていなかったくらいに。

「――それはあなたのほうではありませんか、シュリーチカ王子」

「自由な発言は控えなさい」

　二度目の注意ともなれば父の表情も険しくなったけれど、リトは大きく深呼吸して背筋を伸ばした。

　しっかりとシュリーチカと、その背後のアンテを見据える。

「クレイデル王子と我々は道中、賊に襲われました。身に覚えがあるのではないですか、シュリーチカ王子」

「無礼な言いがかりはやめておきなさい」

　アンテが呆れたように首を竦め、周りの大臣を見回した。人間もうさぎも、アンテに促されるように嘲笑を唇に浮かべる。

まるでリトが苦し紛れの嘘をついているように見えるのだろう。確かになんの証拠もない。でも、シュリーチカとアンテにはわかっているはずだ。

シュリーチカは長い髪を揺らして顎先を上げ、勝ち誇ったように双眸を細めている。揺るぎない自信をあらわにして。

「森に出ればならず者に襲われることはわかっていたはずだ」

いつも無表情のシュリーチカが浮かべる酷薄な微笑み。

まるでこの瞬間に勝敗が決したかのような表情に、リトの耳の毛が逆立つ。

「我が弟クレイデルに大事がなくてよかった。ならず者のへびから、そのおおかみが守ってくれたのか？」

反射的に肯こうとして、ざわりと胸が騒いだ。

シュリーチカがそんな言い方をするはずがない。

リトが背後を窺うと、ロゥが深くうなだれていた。背後の騎士に小突かれたのかもしれない。ロゥが肯いたかのように見えた。

確かにロゥは森の中でリトたちを助けてくれた。ロゥがいなくてはとても遺跡までは辿り着けなかった。

だけど。

「さすがおおかみ、野蛮な獣だ……！」

誰が囁いたのかわからない。玉座の間に集まった、すべての大臣たちが恐れおののいた表情でロゥを見ている。

違う。ロゥはリトたちを助けてくれたけれど、野蛮なんかじゃなかった。

「違――……！」

「皆さん、このような獰猛なおおかみがクローヴァ王国にいては危険です！　そう思われませんか」

リトの縋るような声を遮って、シュリーチカの仰々しい声が玉座の間に響きわたった。堂々とした態度に場が呑まれる。大臣たちも身を寄せ合い、第二王子の気高さに縋るように同意の声をあげた。

「にいさまちがいます、ロゥは――」

大臣たちのおののく声はクレイデルの必死の訴えをも掻き消して、幼い王子は目を瞠ったまま大人たちの狂乱を見回した。

「おおかみは追い出せ！」

「こんな獣騎士が紛れ込んでいたなんて……」

「我々を謀《たばか》っていた罪は大きい！　陛下、断罪を！」

声は大きな渦となって、人間もうさぎもロゥに言葉の刃を投げつけ始める。

国王の従者が抑えようとしても一度火のついた大臣たちは収まることなく、ロゥを捕らえた騎士たちを急かすような有様だ。

玉座の間がおおかみの匂いで汚れると騒いでいるうさぎも、おおかみは野蛮だと訴える人間もいる。それぞれ、自分たちの国を守りたい一心なのかもしれない。

シュリーチカは混乱する大臣たちを見て満足そうに微笑んでいる。

「――――……っ」

リトは床の上に伏せた手がじっとりと汗ばんで、ぴりぴりと痺れてくるのを感じていた。

おおかみに対する恐怖心が頂点に達するのを待ってから裁きを促そうとでもしているのか、黙って場を眺めているシュリーチカに背後のアンテがなにか耳打ちすると、シュリーチカが肩をそよがせて笑う。

滅多に表情を変えないと思っていたけれど、それはこの邪悪さを隠すためにそうしていたのかもしれないと思うほど、よく笑う。

その笑顔を見ていると、お腹がむかむかとしてきてリトは拳を握りしめた。

伏せた視線に、パチパチと火花が散るのが見えた。

森の中で落とした稲妻《いなずま》。今は、あれが自分の力なんだとはっきりとわかる。この力を使えば、この場の大臣たちを一瞬で黙らせることだってできる。

弾んでいた呼吸が静かになって、毛の逆立った耳が軽くなっていくような不思議な浮遊感を覚えた。

――けれど。

「……っ、だめだ」

后の腕を掴んで必死になにか訴えかけているクレイデルの傷付いた表情を見ると、リトは肩を窄めて小さく首を振った。

この場を魔法の力でねじ伏せたってなににもならない。

クレイデルやロゥをも巻き込んでしまいかねない。だって、あの雷を落とせば城だって無事では済まないのだから。城下の街にも被害を与えかねない。

リトはまだこの力を自分でコントロールすることができない。

剣技も日々の鍛錬の賜物《たまもの》だ、とロゥは言っていた。

初めて剣を持った者でもがむしゃらにただ振り回せば人を傷付けることはできる。でもその剣で人を守ることもできる。ロゥがそうしてくれたように。

リトの持っているこの力は、へびの賊を焼き払ってしまうような凶器だ。でも、もっと別の使い方だってできるはずだ。

「……！」

玉座の間は喧々囂々《けんけんごうごう》の騒ぎになっていた。

リトはバチバチと火の爆ぜるような音をたてる手を握りしめて、その場を立ち上がった。意識を集中させる。

——城の、外へ。

どん、と大きな音がして空気が震えた。

「!?　何事だ？」

騎士たちは廊下に飛び出し、従者たちが慌てて玉座の間にしつらえられた重いカーテンを上げていく。

もう一発。

ぎゅっと目を瞑って力をこめる。開かれた一面の窓に大輪の花が咲いた。

色とりどりの光に彩《いろど》られた火花が丸く広がって、空を飾る。

「きれい……」

呆けたクレイデルの呟きが響くくらい、場に静けさが戻ってきていた。

リトは背筋を伸ばしてシュリーチカを、国王を見据えた。

「ならず者たちを撃退したのはロゥと、――それから、私です」

肩で息をしたリトが告げると、狼狽したようなアンテがモノクルを押し上げた。

「馬鹿なことを。出来損ないのお前になにが――」

もう一度拳を握りしめて、窓の外に花火を打ち上げる。火薬を使って地上から上がるものじゃなくて、空から降ってくるような花火だけれど。

これならば街を焼いてしまうようなこともない。

力を弱めるのは大きな雷を落とすことよりも神経を使うけれど、城の外から国民たちの歓声が聞こえてくるとリトはほっとした。

もう一度、今度はシュリーチカやアンテにも見えるように腕を前に突き出してわかりやすく力をこめる。

リトの拳に火花が散るのと同時に、窓の外がパッと明るくなった。

「お前、その耳……」

唖然《あぜん》とした父が花火に目もくれず、リトの頭上を指さす。

きっとまた、垂れ耳が立ち上がっているのだろう。そんなことはどうだっていい。

「ロゥは剣で私たちを守ってくれました。私は、この――魔法で」

「魔法だと……」

国王がしゃがれた声で呟く。

大臣たちは窓の外とリトを交互に見て、言葉を失っている。老齢のうさぎ議員だって、魔法を実際に見たのは初めてだろう。

「クレイデル王子を賊から守ったことが獰猛だと誹《そし》られるのであれば、私も追放されるべきでしょう」

誰もが顔を見合わせた。

魔法を使えるうさぎを、クローヴァ王国が手放せるはずがない。永いこと失われていた、うさぎの誇りとも言える力なのだから。

魔法が使えるリトを許すなら、ロゥだって一緒じゃなければ許さない。

二人で、クレイデルを守ってきた。それを認めさせる。魔法の力で。

「陛下、こんな手品に心を惑わされてはなりません」

芝居がかった仕草で首を振ったシュリーチカが、胸に手をあてて国王に頭を下げる。

「手品なんかじゃ――」

「シュリーチカ」

かっとしたリトがもう一度手に火花を散らしそうになった時、国王が掌を掲げてそれを制した。どっしりと構えた国王に呼びかけられたシュリーチカは平然と頭を上げる。その顔はまだ微笑んでいるようでもある。

「お前は動じていないようだな？　リトが魔法を使えることを知っていたのではないか？」

国王の静かな言葉に、シュリーチカが目を瞠る。

アンテが反論しようと口を開きかけたところを父が抑えると、国王が言葉を続ける。

「森の中でクレイデルを襲ったという賊が何者なのか、私たちは知らされていない。お前だけは知っていたようだが」

「陛下、なにを」

「へびの賊だった、と言ったのはお前だ」

再び、大臣たちが声を潜めて顔を見合わせ始めた。

その中で言葉を失い、青い顔をしているのはシュリーチカのほうだ。

「……他にも私たちより知っていることが多くあるようだな。詳しく聞かせてくれ」

国王が言うと、シュリーチカが後ろに一歩、よろめいた。その細い肩をアンテが抱きとめる。リトはその光景をどこか呆然としながら眺めていた。

「リト、……それからロゥ。お前たちを罪人のように扱ったこと、すまなかった」

リトとロゥに向き直った国王が口を開くと、背後で鎖の解かれる音が聞こえた。振り返ると、どこかあどけない表情で目を丸くしているロゥと目が合った。

「クレイデルを守ってくれたこと、感謝する」

「リト！」

国王が言い終えるか終えないうちに、クレイデルが駆けてきた。涙目で勢いよく飛びついてきたクレイデルを抱きとめると、魔法を使った後のせいかぐらりと体が傾く。

「っ！」

せめてクレイデルを傷付けないようにぎゅっと強く抱きしめた時、ふと逞しい腕で肩を掴まれた。

見上げると、ロゥの優しい眼差しがあった。

森の中と同じ、懐かしいおおかみの匂いと、優しくて頼もしい腕。

「……またお前に助けられたな」

低い囁きとともに、リトを支える腕の力が強くなる。

逞しい胸に身を預けると張り詰めていた気持ちがようやくほどけて、リトはロゥとクレイデルに微笑んだ。

城下の家々からは夕飯時の楽し気な笑い声が漏れ聞こえてくる。

リトはバスケットを抱えて、騎士団長から聞いたばかりの道を歩いていた。クローヴァ城からそう遠くはない道程。途中、城下に住む商家の者やこれから見回りに向かう騎士たちとすれ違った。

バスケットには乾燥した果物がふんだんに練りこまれたパンが入っている。最近のクレイデルのお気に入りだ。

にぎやかな一画からは少し離れた場所に建てられた質素な建物。一目見ただけでそこが目的地だとわかった。

バスケットを手に提げ、身なりを整えてから一呼吸おいて扉をノックする。

家の中からは物音一つ聞こえなかった。でも、明かりはついている。

「リトです」

家主が室内のどこにいても聞こえるようにできるだけ声を張りあげて窺うと、間があってから足音が聞こえてきた。近付いてきて、薄く扉が開く。

金色の目が覗いた。さすがに家の中では鎧は着ていないらしい。

「……驚いたな」

ざらついた低い声。怪訝そうな顔をしているのは、自分の家を訪ねられることなど今まであまりなかったからだろう。

「こんばんは。騎士団長に家を聞いて来ちゃいました。……お食事がまだなら、美味しいパンはいかがですか？」

扉の隙間からも見えるようにバスケットを掲げて見せると、一瞬、ロゥの視線が揺れる。

渋い顔をされたらパンだけ置いて帰ることも考えていた。食事をもう済ませてしまっていてもパンなら、明日の朝食にでも食べられる。

リトが扉の隙間から固唾《かたず》を呑んで窺っていると、逡巡の後、ロゥは呆れたように笑って扉を開いた。

「そんな顔をしなくても、お前を断る理由はない」

「ふふ、よかった」

自分がどんな顔をしていたかはわからないけれど、森の中で優しくしてくれたのはそういう任務だったからだ、と言われたら黙って引き返すしかない。その覚悟はしてきた。

ロゥがそんなこと言うのは想像できないけれど、実際にその柔らかな表情を見るとほっとして家に歩み入る。

「素敵なおうちですね」

暖かな照明のついた室内はこざっぱりとしていて、あまり物はない。簡単なキッチンとテーブル、ベッドと、その脇には見慣れた鎧が置かれていた。

すべてのものが一般的な家具よりも少し大きめだ。ロゥの体のサイズに合わせてあるのだろう。

リトが興味深そうにきょろきょろと部屋を見回していると、ロゥは首を竦めた。

「城やお前の家に比べたら狭いだろう」

「ふふ、でもロゥの匂いがします」

「！」

　ぎょっとしたように目を瞠ったロゥが、片耳を伏せてリトからわずかに身を引いた。

　おおかみの匂いがするということを気にしているのだろう。リトがそんなこと気にしないということくらい、とっくにわかっているはずなのに。

「足は、大丈夫ですか？」

　ロゥに椅子を勧められると、リトはパンの入ったバスケットを渡して腰を下ろした。大きめの椅子は、リトが座ると足がつかない。

「ああ、だいぶよくなった」

　バスケットの中身を確認して尻尾を揺らしたロゥの立ち姿は、もうすっかり完治したように見える。

　それでも無理はよくないけれど、家で一人、不自由な暮らしをしていないなら安心だ。

「茶でも淹《い》れよう。……人を招いたことなんてないからな、大したもてなしもできないぞ」

「ふふ、お構いなく」

　キッチンに向かうロゥの足取りも大丈夫そうだ。

　騎士の多くは宿舎で寝泊まりしていて、自分の家を持っている騎士は少ない。

　ロゥは騎士団長の家で少年期を過ごした後、成人してからこの家に住み始めたらしい。ロゥは、他の騎士たちと生活を共にすることはできないから。

当然、騎士団長より他にこの家を訪ねてくる者もいなかったのだろう。

自分が初めての客かと思うと、リトは胸がぎゅーっと嬉しくなってきて高い椅子の下で足をぶらつかせた。

すぐにお茶のいい香りが漂ってくる。

温かくて甘い、優しい香りがロゥの匂いと混じり合う。うっとりするようないい匂いだ。

「こうして二人で過ごすのって、変な感じですね」

森の中ではいつもクレイデルが一緒だったし、そうでなくてはいけなかった。

こんなふうに二人で落ち着いてお茶の香りを嗅ぐことだって初めてだ。

リトにとっての日常に、ロゥがいる。それがなんだか幸せな気分だ。

あの時、森で出逢《あ》ったおおかみの少年が、今こうして目の前にいるなんて。不思議だけど嬉しくて、胸がじんわりと温かくなった。

「……そうだな」

お茶の注がれたカップが運ばれてきてテーブルに置かれる。正面に座るロゥのカップとは色も形も違っていて、いかにも一人で過ごしてきたのだという感じがする。

リトは温かなお茶が注がれたカップを両手で摑んで表面に息を吹きかけた。

ロゥに会うのは、あの玉座の間以来だ。

あれから間もなくリトとロゥの嫌疑は晴れ、シュリーチカからはかなり多くの権限を奪われた。

追放や幽閉にまで至らなかったのは彼の言い分に国王が自責の念を感じたため、とも言われている。

曰《いわ》く、シュリーチカが自身の出生のせいで王位継承権に絡むことができないと思い込んでしまったこと。国王にはそんなつもりはなかったのに――だからこそ執務の一端を担わせていたのに、その不安に気付いてやれなかったこと。

クレイデルの命を狙った罪は重いとされながらも、その狙われた本人がシュリーチカの罪を重くしないでと願い出たのだから仕方がない。

ただそれとは別に、おおかみであるロゥが騎士団に復帰することについては不安視する声もあった。ただでさえ恐ろしいおおかみが武器を握ってうさぎと人間の国を守るなんて、と多くの人が混乱する気持ちもわかる。

ひとまずロゥは足の怪我が治るまで、という理由をつけられて自宅謹慎を命じられていた。

クレイデルはすぐにでもロゥの家に遊びに行こうと言っていたけれど――さすがにこの騒動の直後に、王子がおおかみの家を訪ねることは憚《はばか》られた。

本当はリトだって今日までずっと我慢していたのだけれど。

「――ロゥ、騎士団での沙汰が決まりました」

「！」

居住まいを正したリトが切り出すと、ロゥがぴくりと耳を震わせた。

緊張しているのが伝わる。

リトはそれを和らげるように、テーブルの上のロゥの手を握った。

「これからもクローヴァ王国の騎士として仕えるように、とのことです」

今日まで、騎士団と議会の間でおおかみの沙汰について議論が交わされていた。

リトにしてみたらずいぶん長い時間に感じたけれど、最終的には満場一致の結論となったようだ。

国王はもとよりロゥを国外に追放する気などなく、騎士団でもその働きは一定以上の評価を得ていた。誰よりも真面目《まじめ》に務めを果たしていたロゥを認めない騎士はいなかったという話だ。クレイデルをさらったなどという疑いさえ晴れてしまえば、ただの武骨《ぶこつ》で腕のいい騎士なのだから。

「ロゥがおおかみでも、今までクローヴァ王国に尽くしてくれたことに変わりはありません。もともとクローヴァ王国は人間とうさぎが寄り添ってできている国です。そこにおおかみがいたっておかしくはない、と陛下が」

一部の大臣たちはまだ、渋い顔を続けているということだけれど。

リトの掌の下で、ロゥの手が握り直される。宙をさまよったロゥの視線は戸惑っているように見えた。

玉座の間で向けられた、恐怖と非難の眼差しが忘れられないのかもしれない。これまでクローヴァ王国のために務めてきたからこそ。

それでも、戻りたくないと思っているわけではないのだろう。

もしそう思っていたとしたら――ロゥはこの家で沙汰を待っていることなどしていなかっただろうから。

「……わかった」

静かに目を閉じたロゥの声は、どこか覚悟を感じさせた。

そんなに気負わなくてもいい。リトがロゥの手をぎゅっと握ってそう告げようとした時。

「どうしてそれを、お前が？」

「えっ」

ふと金色の目に窺われると、リトは垂れ耳をぴょんと跳ねさせた。

重ねていた手を思わず引っ込めて膝の上に戻す。

「沙汰は、騎士団長が伝えに来るものだと思ってたが……」

それはそうだ。国王から申し受けたのは騎士団長だったのだから。

騎士団長はロゥにとってクローヴァ王国での保護者であり、上司でもある。その騎士団長に――

「お、お願いしました」

「お願い？」

膝の上で手を何度も握り直しながら、リトは肩を窄めて顔を伏せた。

なんだか顔が熱くなってくる。

クレイデルがロゥに会いたいというのを諫めた手前、リトだけが会いに行くことなんてできなくて。

なんとかして口実を探した結果、騎士団にとってこんな重要なことを自分に伝えさせてくださいだなんて――今考えるとよく言えたものだ。

ロゥの家に訪ねてくるまではなんでもなかったのに。パンをバスケットに詰めている最中なんかはうきうきと弾むような気持ちで、騎士団長に聞いた道程も早足でやってきた。

だけど、実際にロゥを目の前にしたら急に恥ずかしくなってきた。

「あ、あの……森ではずっと一緒だったし、それが急に顔も見なくなって……その、寂しいっていうか……だから、騎士団長に私に伝えに行かせてくださいと……」

寂しい、なんておかしいだろうか。

森の中で再会してさえもロゥのことを忘れていたような薄情者なのに。

いたたまれないながらもロゥの反応が気になって、顔を伏せたままちらりと様子を窺う。ロゥは少し驚いたような顔をしていたけれど、リトの視線に気付くと、ふと笑った。

「！」

慌てて目を瞑る。

口もぎゅっと噤んでいないと、心臓がテーブルの上に飛び出して跳ねまわりそうだ。全身がかあっと熱くなって硬直してしまう。

「そうか。……ありがとう」

優しいロゥの言葉に、口を噤んだまま首を振る。

胸が苦しくて苦しくて呼吸もままならないような気分になって、リトは自分の胸を押さえた。

どうしてこうなってしまうのか、今でもわからない。森を旅するまでこんなふうになることはなかったし、帰国してからもロゥの顔を見るまでは平気だったのに。

「あっ、あの……だから、これからも、クローヴァ王国を守るため、お勤め、……よろしくお願いします」

熱くなった顔を隠すように深々と頭を下げる。

しかし、返事は鈍いものだった。

「……ロゥ？」

訝しんでおそるおそる視線を上げると、ロゥはそっぽを向いて耳の付け根を掻いている。

もしかしたら、あんなふうにおおかみを迫害しようとした国家のために働くことに不安があるのだろうか。

今までロゥは、おおかみであることを隠して鎧を頑なに脱がず、変わり者として過ごしてきた。騎士同士で必要以上に話を弾ませることもなく、鍛錬と任務が終われば黙って家に戻っていくという生活をもう何年も送っていたらしい。

おおかみだと知られたうえで、これからどんな姿で鍛錬に参加すればいいのか。鎧を着るべきなのか、隠すべきではないのか。――そう思い悩んでいるように見えた。

「ロゥ、大丈夫ですよ」

ぼんやりとした顔でそっぽを向いたままお茶に手を伸ばしたロゥに、リトはたまらずに身を乗り出した。

相手がクレイデルだったら、頭を撫でていたかもしれない。

「きっと騎士団の皆さんもロゥのいいところをわかってくれますから」

リトだって、最初はそうだった。

おおかみなんてなにを考えているかわからないし、獣の匂いがするし、怖い、と。

でも鎧を着ていても脱いでいてもロゥはロゥだ。おおかみだからってなにも変わらない。真摯《しんし》で優しくて、自分が人間やうさぎよりも強いことをわかっているから不用意に近付いてこないし力仕事も厭《いと》わないし頼りになる。おおかみの匂いだって、慣れてしまえばこんなに安心する匂いはない。

きっと騎士団のみんなもわかってくれるだろう。

「――だから、すぐに仲よく……」

言いながら、リトは違和感を覚えて目を瞬かせた。

おおかみの姿をあらわにしたロゥが、他のうさぎたちとあけすけに笑って、あの不意に見せるあどけない表情をしたり、仲よくしたりしているところを想像したら。

胸が針で刺されたようにチクチクと痛む。頬が引き攣って、自分がどんな表情を浮かべているか急にわからなくなってしまった。

ロゥが他のうさぎと打ち解けてくれたら嬉しいはずなのに。

「……別に、わかってもらう必要はない」

「！　でも」

大きなため息とともに吐き出されたロゥのなげやりとも思える言葉に、反射的に自分の気持ちを押し遣る。

リトが変な顔をしたから気を使わせてしまったのかもしれない。

ロゥがクローヴァ王国で過ごしやすくなってほしい。この国にずっといてくれたら、また一緒に食事もできる。だから。

「俺は、恩を返すためにここにいる。それ以外は望んでない」

静かな声だった。

リトの赤い目をじっと覗き込む、月の色をした瞳。穴倉で初めて見た時から変わっていない。まっすぐな目だ。

「俺は、その人を守りたいだけだ。国も城も、騎士団もどうだっていい。……ただ、その人のそばにいたいだけだ」

胸が摑まれるような気持ちになって目を逸らそうとしても、どうしても逸らすことができない。

なにかロゥに言葉を返そうと思うのに、薄く開いた唇で息をすることも難しくて、ただ強い鼓動だけが全身を震わせるようだ。

硬直してしまったリトの頬にロゥの大きな掌が伸びてくると、ぴくりと肩が震えてしまう。

でも、嫌なわけじゃない。もう少しも怖いとは思わない。

「……お前が無事でよかった。また何度も助けられてしまったけどな」

頬の産毛《うぶげ》を掠めるような優しい手つきで撫でられると、リトは背筋を微かに震わせながらぎゅっと目を瞑った。

「これからも一生かけて、恩返ししていきたいと思ってる。……させてくれ」

「恩返し、なんて」

むずむずとする口を開くと、思いがけず大きな声が出てしまった。

驚いてロゥが手を離してしまうかと思って慌てて目を開く。ロゥは少し目を丸くしたようだけれど、リトの頬に手をあてがったままだ。

うさぎより少し高い体温が流れ込んでくる。体の芯まで締め付けられるような、変な気分だ。

「私だって、……ロゥにたくさん助けてもらいました。倒れた時もいつもそばにいてくれたし、それにロゥがいてくれたから楽しかったし、だから、ええと……」

ずっとそばにいたい。

もっとそばにいたい。

泣き出したいような衝動に駆られてリトはロゥの手を握ると、その掌に鼻先をすり寄せた。

おおかみの匂いと、優しいお日様の匂いと、甘いお茶の匂いと、少し汗の匂いがする。胸いっぱいに吸い込んで頬ずりをすると、指先がぴくりと震えた。

「お前は本当に……突然距離が近くなるな」

呆れたように言ったロゥは困惑しているようだ。でも、リトが握った手を引っ込めようとはしない。

手首から指の間、指先まで全部が愛《いと》しく思えてきて、リトは指を絡めながらロゥの顔を窺った。

「……嫌ですか？」

リトはこんなに、ロゥの匂いを嗅いでいるのが好きなのに。

ロゥの手で撫でられて、ロゥに守られていたい。ずっとこの時間が続けばいいのにと思うくらい。

森の中では四六時中一緒にいられたのに帰国してからもう何日も顔も見られていなくて、本当に寂しかった。ロゥはそう感じなかったのだろうか。

ロゥにとって、リトはただの恩人でしかないのか。

「嫌、なわけではなくて……」

大きな耳を伏せて、ロゥは言い淀んでいる。その表情がどこか無防備で、だけどリトが握りしめた手からはおおかみの匂いが強くなったような気がした。

おおかみというよりも――オスの匂い。

頬にあてがわれたロゥの手が、わずかに力を帯びてリトの顔を引き寄せる。リトはそれに逆らわずに、身を寄せた。

「お前がそうやって近付いてくると、……俺は自分の気持ちが抑えられなくなる」

間を邪魔するテーブルに手をついて、ロゥも身を乗り出すとリトは自然と瞼を落としていた。

唇に熱が灯《とも》って、頬を撫でていた手が髪へ滑っていく。

一度触れ合った唇はすぐに離れてしまったけれど、リトが目を開く前にもう一度啄《ついば》まれて、次は下唇を食《は》まれた。どんな柔らかな果実を味わうよりも優しく、甘く。

「……気持ち……」

ロゥに濡らされた唇を震わせて呟くと、リトもきゅうっと締め付けられた胸に次から次へと温かい気持ちがあふれ出てきて抑えられそうにないことに気付いた。

苦しくて、切なくて、ロゥに吸い取ってもらいたい。

リトが自分から唇を寄せていくと、ロゥが椅子を立ち上がる音が聞こえた。

大きく開かれた唇が噛みつくようにリトを貪ると、舌先に鋭い牙が触れた。それでもロゥがリトを傷付けるようなことがないのはわかっているから、怖くない。

「ん、ふ……っぁん、ん」

ロゥに吸い上げられるままに舌を伸ばして喉を鳴らす。

頭がぼうっとしてきて、もっと、もっととしか考えられなくなってくる。

ロゥの舌と一緒に唾液が流れ込んでくるとそれが花の蜜のように感じられて、自分から吸い付いて舌を絡める。

瞼を閉じていてもロゥの真剣な顔が浮かぶようだ。

頭を抱き寄せた掌の熱に体は焦がされて、ロゥのことしか考えられない。ロゥが自分のすべてになってしまったみたいに。

「……リト」

掠れた声とともに熱が一度離れると、リトは濡れた唇を閉じることも忘れてロゥを仰いだ。

まだ頭は抱かれたままで、吐息がかかるほどそばにいるのに、離れたくない。テーブルを隔てているのが煩《わずら》わしくてたまらないほど。

「俺はずっと、……初めて会った時から、お前のことしか考えてない。恩を返したいなんて言って、ただ、お前のそばにいたいだけだ」

そんなの、リトだって同じだ。

ロゥのそばにいたい。恩を着せたなんて思っていないし、そのためにそばにいてほしいわけじゃない。

ただ、リトを欲しがってほしい。

だけどそう言葉にするのは難しくて、リトは目の前のロゥに頬ずりをした。くすぐったそうに吐息を漏らしたロゥがリトの頬に唇を寄せる。

「こうしておおかみの俺を見てもらえて、お前に触れることができる日が来るなんて思ってなかった。今でも、夢みたいだ」

耳を撫でるような声で囁かれるとリトの肌が粟立《あわだ》って、背筋が震える。

ロゥの胸に縋るように手をついて服を握りしめると、リトはその首元へ鼻先を埋めた。

「……夢なんかじゃありません」

「ああ、そうだな」

ロゥの手がリトの背中に回されて、強く抱き寄せられる。

もっと口付けてほしいとねだりたくなってリトがロゥの顔を窺おうとすると、濡れたような金色の目がリトを見つめた。

「もっとお前に触れたい。……いいか？」

低く響く唸り声。

体の芯まで焦がされそうな熱い囁きに眩暈を覚えながら、リトは小さく肯いた。

「ん、ぅ……っそ、そんなところも……さわる、んですか」

おおかみの匂いが染み込んだシーツを手繰り寄せながらリトが尋ねると、ロゥが胸の上で視線だけを上げた。

「……嫌か？」

「いや、じゃない……です、けど」

嫌じゃないけれど、恥ずかしい。

オスだからあらわな上半身を見られたくらいじゃなんてこともないと思っていたのに。

ロゥの熱い掌で掠めるように撫でられて全身がびくびくと震えてしまうことも、胸の突起が痛いくらいに硬く尖ってしまうのも、それをロゥの濡れた舌で捏《こ》ねるように舐められると変な声が漏れてしまうことも、頭が蕩《とろ》けてしまいそうなくらい恥ずかしい。

執拗に吸い上げられ、舐《ねぶ》られていると胸がじんじん痺れてきて体がもじついてしまう。とてもじっとしていられなくてベッドのシーツに縋り、鼻にかかった変な声が出ないように何度も唇を結び直す。

「リト」

「ひぁ、っ……ぅ、ん、んんっ……ん、！」

先端をちゅうっと音をたてて吸い上げられると甘い痺れが脳天まで走って、身をよじってしまう。

嫌じゃないのに、自分の上にまたがったロゥを振り落としてしまいそうだ。

「そんな、ところ……っおいしい、ですか」

片方の突起を指先で扱《しご》くように撫でながらもう一方を舌で転がされると、喉が自分の思い通りにならなくて声も震えてしまう。

息をしゃくりあげて、短い声が何度も勝手に漏れてくる。なんだかメスのうさぎになったような気分だ。

それくらい、ロゥのオスの匂いが強すぎて。

「ああ、うまい」

リトの薄い胸の上に舌を這わせながらロゥが薄く笑った。その吐息にすら肌が粟立って、リトは自分の唇を手の甲で塞いだ。

「うさぎの体をうまそうだと思ったことは一度もないが……リト、お前だから」

粟立った肌を点々と啄みながら体を這い上ってきたロゥが、浅く息を弾ませながら顔を逸らしたリトを覗き込む。

体のわななきも、妙に上ずった声も、呼吸すら思うようにならなくなった自分が今どんな表情をしているかわからなくて見せたくないのに、ロゥに促されると口元を隠した手があっけなく捕らわれてしまう。

「ロゥ、……っんぁ、ん、ん……っ」

舌から迎えに来るような口付けに喉を反らして、水音を漏らしながらロゥの唇に応じる。両腕をロゥの逞しい背中に回すと体がぴたりと密着して気持ちまで満たされていくようだ。

口内で互いの舌が追いかけっこをして絡み合って、執拗に擦れ合って、まるで一つになっていくみたいだ。

「ロゥ、もっと……んぅ、っもっと」

ベッドを軋ませて体をすり寄せて、甘えた声でしきりにねだる。

唾液で濡れた胸の突起を指の腹でくにくにと捏ねられながら舌先を吸い上げられると、体を雷が流れるみたいに痺れてとてもじっとしていられない。

ロゥの唇に塞いでもらっていなければ、弾かれたような甲高い声が漏れてしまいそうだ。

リトは舌を伸ばしてロゥの唇の中の鋭い牙を探りあてると、それに音をたてて吸い付いた。

「ん、ぅ……」

ロゥがぴくり、と体を震わせる。

なんだか自分ばかり反応していたように感じていたから気分がよくなって、リトはよだれが垂れるのも構わずに左右の牙へ交互に舌を絡ませた。

「ぃ、……っリト」

ロゥの息遣いが荒くなって、重ねた体がむっとするほど熱く感じる。

絡ませた足の付け根に硬いものが押し付けられて、リトはうっとりと伏せていた目を開いた。

ごくん、と喉を鳴らしてどちらのものとも知れない唾液を飲み込んで顔を上げると、ロゥが口を離してリトの首筋に顔を埋めた。

枕の上に放り出された垂れ耳に口付けながらロゥが息を弾ませる。

すり寄せられた下肢が脈打っていて、はっきりとわかるほど大きくなっている。

鼓動の強さをどっと自覚したリトがますます顔を熱くさせたことに、ロゥが気付いたかどうかわからない。でも、たぶんこの距離じゃわからないはずもない。リトだって、ロゥの鼓動や、発汗や、息遣い——それに劣情をはっきりと感じ取れるのだから。

「ろ、……ロゥ」

胸を撫でていたロゥの掌が下降して、リトの腰へと滑っていく。

リトの肌を傷付けないように優しく指の腹で掠めるように触れられるとそれだけで全身がビクビクと跳ねてしまって、リトはロゥにきつくしがみついた。

「あ、あの……っこ……、交尾、……するんですか」

わかっている。

ロゥの熱を押し付けられた自分の体も、普通じゃなくなっていることは。

わかっていても、下肢の欲にロゥの手が近付くと尋ねずにはいられなかった。

「ああ、したい」

「……！」

首筋から顔を上げたロゥの目が、薄暗がりの中で琥珀《こはく》のように鈍く光る。

息が詰まるような美しさと、獲物を捕らえるような獰猛さ。噎《む》せ返るような発情の匂い。

「お前と交尾がしたい。……ずっと、ただお前を守りたいと思っていた。自分の危険を顧みず俺を守ってくれたお前を。だけど――」

掠れた囁きに胸を摑まれていると、ロゥがリトの下衣に手をかけた。

「っ」

すぐに脱がせるようなことはしないで、表面をゆっくりと撫でていく。擦り合わせた熱だけでは足りないように、足の付け根から腿の外側、腰、すべてに触れたがるような掌に切なさが増してくる。

「……もう、我慢ができない。お前のことが好きだ。……愛している。オスのおおかみが、うさぎのお前にこんなことを言うのはおかしいか」

　絞り出されたロゥの声はとても甘いものではなかったけれど、それが彼の真剣さを表しているようでなんだか泣きたくなってくる。縋るようにリトを見つめるロゥも泣きそうに見えた。ロゥの泣き顔なんて見たこともないのに。

　ひどい怪我をして一人、穴倉でうずくまっている時すらつらそうな様子一つ見せなかったロゥが、リトの上で表情を歪めている。それがたまらなく愛しく思えて、リトはロゥをぎゅうっときつく抱きしめた。

「おかしくない……」

　鼓動は速くなりすぎて息苦しいし、ロゥに見つめられると顔が熱くなってくるし、罹《かか》ったことのない病気になったのかと思っていたけれど。

　いざ、旅を終えてロゥと離れてしまったら——そう広くもない同じ城下に暮らしているとわかっているのに——胸が引きちぎられそうなくらい寂しい。

　これはつまり。

「……私も、同じ気持ちです」

　一生懸命気持ちをこめたつもりだけれど、ロゥにちゃんと伝わるだろうか。

　不安になってきて鼻先に寄せられた金色の瞳をじっと見つめると、呼吸を止めたロゥが困惑したように視線を逸らした。

「ロゥ？」

言葉が足りなかったかもしれない。慌ててリトがロゥの視線を追おうとした時、突然乱暴に唇を塞がれた。

「んぅ……っ、！　ぁ、ん――……んん、っぁ」

垂れた耳ごと髪を掻き乱されるように頭を抱かれて口内を舌でいっぱいにされる。

喘ぐようにして大きく口を開くとそれを吸い上げられながら、下肢に伸ばされた手が――衣服の中に入ってきた。

「ん、っぁ……んぅ、っん、んん……！」

反射的に身をよじっても、ロゥに力で敵うはずがない。

知らず勃《た》ち上がっていたものをロゥに触れられると羞恥で体が熱くなって、思わず足をばたつかせる。肩を押し遣ろうとしてもびくともしないロゥが、荒い息を吐きながらリトの熱に自身のものをすり寄せてきた。

「ひぁ、あっ……！」

びくん、と大きく背を反らすと銀糸を引いた唇が離れて大きな声が漏れてしまった。

慌てて口を塞ごうとすると、その手首をやんわりと掴まれてシーツの上に押さえられる。

「リト」

ロゥが小さく体を揺らす。

下肢に伸ばされた手で互いのものが一緒に握られたまま腰を揺らされると、とてもじっとしてはいられないような感覚で体が蕩けそうになってくる。

「ぁ、やぁっ……あ、あ、っ待って、ロゥ、っんぁ、だめ……っ」

ロゥの唾液で濡れた口を塞ぐこともできなくて甘えたような声をあげながら、リトも自分から腰をすり寄せることを止められない。

自分が自分でなくなっていくみたいで怖いのに、もっと気持ちよくなりたい。ロゥと一緒に。

「だめ、か？　……俺は、もっとしたい。お前と……」

下肢から粘《ねば》ついたような水音が聞こえてきて、ロゥが一度体勢を直しながらリトの片足を抱え上げる。

「ふぁ、あ……っだめ、じゃないけど、だめ……っはず、かし……っ交尾、初めてだから……っ」

初めてなのにこんなにロゥを欲しいと思ってしまうのは、はしたないことのように感じる。

だけど、相手がロゥだから怖くはない。出来損ないのリトでも受け入れてくれたから。いつも、リトのことをまっすぐ見つめてくれたから。

はしたなくても、やめないでほしい。

リトはシーツの上で重ねられたロゥの手に指を絡めてぎゅっと握り返した。

「はず、かしい……っけど、したいです。私も……ロゥと」

このまま、溶けて一つになってしまいたい。

ロゥと一緒にたくさんたくさん気持ちよくなって、溺《おぼ》れてしまいたいし溺れさせたい。

「……一緒だな」

ふとロゥが笑うように息を吐く。

それだけでもう背筋がゾクゾクと震えて、リトはロゥの首筋に頰をすり寄せながら抱きついた。

髪にロゥの温もりを感じる。顔を上げると自然と唇が降ってきて、今度は優しく啄み合いながら弾む息を交わし合う。

「ぁ、……っん、ん……んぅ、っろ、ロゥっ……あ、っあ……あ」

口付けを繰り返しながらロゥが体を揺らすたびにベッドが軋む。

反り返った互いのものが縺《もつ》れるように下肢で擦れて、脈打つように熱いロゥの先端で自分の劣情を舐められているみたいだ。

ロゥの背中にしがみついてリトも夢中で体をすり寄せていると、不意に腰を摑まれて、また強く密着させられる。

「あ……っ、待っ……！　あ、ロゥ、っ」

互いの体で挟まれたものが擦れるのもたまらないけれど、それと同じくらい、ロゥに腰を荒々しく摑まれることに妙な昂揚《こうよう》を覚えていた。

摑まれた腰を乱暴に擦られると劣情を貪られるようで、どんどん体が過敏になっていく。

腰を密着させたせいで上体が自由になったリトは背を反らしながら、もはや堪えきれない嬌声《きょうせい》をあげてロゥに身を任せた。

「あ、んぁ、あっ……そんな、にしたら、ぁっ……ロゥ、だめ、っ……おかしくなっちゃ、ぁ」

交尾がこんなに気持ちがいいものだとは思わなかった。

世の中には色事《いろごと》でたがを外してしまう人もいるのだそうだ。なんとなくわかる気もする。頭の中がとろとろと蕩けて、快楽しか感じられなくなる。

「おかしくなる、か」

耳をピンと立てて興奮を隠しもしないロゥが唸るように言うと、その低い声にぶるっと体が震え上がる。

喰《く》われる。そう感じる。

それがいやらしい意味なのか血を見ることなのか、その境界は曖昧《あいまい》で、だからこそリトは敏感になっていた。

「ぁあっ、ん、おかし……く、なるっ、きもちい、っロゥ……だめ、もっと」

ベッドが弾む音とロゥの荒々しい吐息。互いの性器が擦れ合うぐちゅぐちゅという糸を引くような音に酔ってしまったようにリトの声が舌足らずになっていく。

ロゥが短く笑う。

「だめなのか、もっとか……どっちだ？」

自分でもわからない。ただロゥの口付けが欲しくなって腕を伸ばすと大きなおおかみが身を屈めた。その向かった先はリトの唇ではなかったけれど。

「——っひぁ、あ……っ！」

ちぎれそうなほど硬く尖っていた胸をひときわ強く吸い上げられ、リトは大きく目を瞠った。

体を仰《の》け反《ぞ》らせ、いやいやと首を振りながら身をよじる。腰から下はロゥに押さえ込まれて、充血したものを支配されたまま。

「ぃやあ、っだめ……っだめぇ、そこ、……っあ、ああ、っあ――……！」

乱暴に先端を舐られた突起に、ロゥの牙が掠める。

その瞬間、身も世もなくシーツを握りしめたリトは足の先まで全身を硬直させて――熱いものを迸《ほとばし》らせた。

「あ、……っあぁ、あっ……あ、……んぁ、は……っ」

何度も痙攣《けいれん》するように体を震わせながらびゅくびゅくと噴き上げた白濁《はくだく》はリトの体にも、ロゥのベッドにもしとどに飛び散ってオスの匂いをのぼらせていく。

頭の中が真っ白になって、なにも考えられない。

ただ今日初めて訪ねたロゥの家の天井を仰いで、まだ全身を駆け巡っている甘い痺れを感じていた。

「リト」

「！　ひ、ぁ……っ」

不意に、たった今達したばかりのものを掌で撫で上げられてリトは思わずロゥの腕を押さえた。相変わらず、なんの抑制をすることもできないけれど。

「たくさん出たな」

リトのものに触れた手で体の上に飛び散った体液にも触れられると、リトはたまらずにロゥの肩を力なく叩いた。

恥ずかしさで死にそうだし、なによりも生まれて初めての快楽の直後でまだ敏感なままだ。どこにどう触れられても甘い声が漏れてしまいそうになる。

リトに叩かれたロゥは肩をそよがせて笑って、悪びれた様子もない。別に、悪いことをされたわけでもないけれど。

「ぁ、……っも、もう、だめ……っロゥ、！」

リトの噴き上げたものを追うロゥの掌が胸の突起までのぼってくる。リトは思わず体を丸めていやいやと身をよじった。

自分の胸がこんなふうになってしまうなんていまだに信じられない。これから入浴するたびにロゥのことを思い出すような気がする。どこにロゥが口付けて、どこを撫でて、自分がどう感じたのか。思い出すたびに自分が淫《みだ》らな想像に耽《ふけ》ってしまいそうで怖いくらいだ。

「……可愛いな」

体を横に向けたリトの耳に口付けて、ロゥが熱のこもった声でぽつりと囁く。

「か……っ」

可愛いなんて、言われたことがない。

驚いて思わずロゥを振り向く。ロゥはにこりともしていなくて、むしろ切ない表情でリトを見つめていた。

「可愛い……って、私が、ですか？」

「当たり前だ。俺にとって可愛いのは、お前だけだ」

垂れた耳を掌で恭しく掬い上げて、ロゥが先端から優しく口付けていく。

「……っ」

ぶるっと体が震えた。

不思議だ。

ロゥが口付けていく先から、自分の体が変えられていくみたいだ。胸の突起はいやらしく、擦り合わせた下肢は自分が自分ではなくなるスイッチに。みっともなくてたまらなかった垂れ耳も、ロゥが口付けると少しだけ好きになれる気がした。

「昔からお前だけを見てきたんだ。他の誰を可愛いと思うものか。俺にしてみたらクレイデル王子だって邪魔者でしかない。お前の大切なものだから、俺にとっても大切だとは思っているが」

「！」

びっくりしてリトが目を丸くすると、それに気付いたロゥがばつの悪そうな顔で視線を逸らす。

その表情がおかしくて、リトは思わず笑ってしまった。

「……笑うな」

そう言われても、頬が緩んでしまう。

ロゥも同じだったんだ。

リトだって、森の中で何度か――本当に少しだけだけど、二人きりになりたいと思ったことがある。

自分の人生にクレイデルはいなくてはならない大切な主だけど、ロゥに対する気持ちはそれとは違うものだ。

「好きです」

横を向いた体を戻して、ロゥの顔を仰ぐ。

不意打ちを受けたロゥはあどけない表情をしている。さっきまであんなに荒々しいオスの顔をしていたのに。

「好きです、ロゥ。……好き。……大好きです」

腕を伸ばして、無防備なロゥの頬を撫でて顔の輪郭《りんかく》をなぞり、頭上の耳に触れる。

クレイデルがいつもふかふかの耳といっているのが羨《うらや》ましかった、肉厚の耳だ。指先で毛を逆撫でるように触れると、くすぐったそうに先端がぴくぴくと震える。

また三人で会えるようになっても、今度はクレイデルにだってロゥの体を触らせたくない。

この耳も、大きな尻尾も、精悍な顔も逞しい胸も、リトだけのものにしたい。もっと欲を言えばこの金色の目に見つめられるのはリトだけがいいし、ロゥの頭の中をリトでいっぱいにしたい。たくさん名前を呼んでほしい。それからたくさん、口付けてほしい。

自分がこんなに欲張りだなんて、知らなかった。

好きがあふれて止まらなくなる。

「ロゥ、……大好き、好き」

耳の付け根に指を梳《す》き入れて頭を抱き寄せ、頬に唇をつける。ロゥはすぐに顔の向きを変えてその唇を吸い上げてきた。

「俺もだ」

上唇をちゅうと吸って、今度は口端に舌を滑らせる。次は何度も啄みながら、唇を離すたびに好きだと甘く囁いてくる。

「ロゥ、……っロゥ、もっと」

軽く繰り返されるものだけでは物足りなくなって自分から舌を伸ばすように口付けをねだると、ロゥがリトの上で身じろいだ。

「ぁ……」

その下肢がまだ熱を帯びている。

濡れそぼった内腿にすり寄せられたロゥの脈打つものに気付いて、リトは知らず、喉を鳴らした。

さっき頂《いただき》に達したのは確かにリトだけだった。ロゥはまだ満足していない。

ロゥにもたくさん気持ちよくなってもらいたいのに。お互いに夢中になって、お互いのことしか考えられなくなるのが交尾だと思うから。

だけど、どうしたらいいのかはわからない。

交尾なんてしたこともないし、わかっていたらロゥも一緒に達することができたかもしれない。

どう切り出していいかもわからずにロゥのものが触れた腿をすり合わせていると、ロゥがリトの頬を撫でた。

「リト」

促されるように顔を上げる。鼻先を合わせ、吐息を絡めるような口付けをするとロゥがリトの下肢へ再び手を滑らせた。

「……交尾ってどういうものか、知ってるのか？」

汗ばんだリトの下肢を開いたロゥの手が、リトの尻尾の下、双丘《そうきゅう》に触れる。

思わず肩を震わせてしまうとすぐにその手は腰に逸れてしまったけれど。

「っ、知って……ます！　したことは、ない、けど……」

ロゥの手を引き止めるために声を張りあげるも、最終的には弱々しく掻き消えてしまうリトの呟きをロゥが吸い上げる。

「メスとも、オスとも？」

「……」

短く肯く。

誰とも、こんなふうに触れ合いたいなんて思ったこともなかった。

今はロゥとこうすることしか考えられない。きっとロゥを待っていたんだと、そう感じる。

「ロゥと、……したい、です」

触れるだけじゃもう物足りない。

性器を触れ合わせるだけでもあんなにわけがわからなくなったのだから、互いの体が一つになったらもっとおかしくなってしまうかもしれない。

はしたなくなってしまうことも、自分が自分で制御できなくなることも怖い気がするけれど、それでもロゥとしたい。

「私と交尾、してください。ロゥと、したい」

ロゥの喉が上下したのがはっきりと見えた。

欲情している。ロゥが、自分に。そう感じるとリトもドキドキしてきてロゥの胸についた手をぎゅっと握りしめる。

「……本当にいいのか？」

唇を結んで、首を縦に揺らす。

口を閉じていないと心臓が飛び出てきそうだった。ロゥと一緒にいるといつもこうだ。森の中でも、この家を訪ねてきた時も、今も。それ以外の時も胸が苦しくなったり呼吸がうまくできなくなったり、泣きたくなったり快楽で我を忘れたり。

とても平静ではいられないけど、それが恋っていうものなのだろう。

「――ん……」

きつく結んだ唇を吸われて顎を上げる。何度か啄まれてようやく、自分の体が緊張で硬くなっていることに気付いた。

舌先で上唇と下唇の間をくすぐられて笑いながら口を開くとそのまま舌が潜《もぐ》り込んでくる。熱くて柔らかなその舌に自分のものを絡めると、自然とロゥの背中に腕を回すことができた。

「んぁ、っふ……ぁ、あ……っあ」

両腕を回したリトの背後にロゥの掌がまた忍んでくる。

今度はしっかりと、双丘の間をまさぐるようにいやらしく。

オス同士の交尾は知らないけれど、きっとそこにロゥの猛々《たけだけ》しくなったものを挿入する――ということなのだろう。

左右に広げられた腿の内側にあたっているロゥのものは焼け付きそうなくらい熱くて、牙と同じくらい硬く感じる。それが自分の中に入ってきたらどうなるのかわからない。

「ふぁ、っあ……ぁあ、あ、指……っゆび、が」

まさぐられた部分からロゥの指が割り入ってくるとリトは今まで感じたことのない感覚に声を上ずらせた。

性器を擦り合わせるのだって知らないことだったけれど、それ以上に。

体の内側を愛撫《あいぶ》される感覚。無防備で禁忌的で、背徳感が背筋を這い上がってくる。

「痛くないか？　痛かったらすぐ――」

切羽詰まった表情でロゥがなにか言っているけれど、よくわからない。

お尻の中にロゥの太い指がぬるぬると入ってきて、誰にも暴《あば》かれたことのない柔肉を撫でてはゆっくりと引き抜かれていく。

「ん、ぅ……っはぁ、ああ、んっ」

指が引いていく時のなんともいえない喪失感と、ロゥの指先の感触に思わず下肢を震わせながら背後を締めつけてしまったようだ。ロゥが目を瞬かせてリトの蕩けた顔を窺ってから、もう一度指を突き挿《い》れてくる。

「んぁっ！　ぁあ……っロゥの指、入っ、って……」

浅く息を弾ませて無意識に腰を揺らめかせる。そうするとロゥの指がお尻の中で擦れて、足の先から頭のてっぺんまで甘美な痺れが走ってなにも考えられなくなってしまう。

ロゥは埋めた指でリトの肉をくちゅくちゅと擦り上げてからもう一度ゆっくりと引いた。

「ぁ、や……っだめ、ロゥ……っ抜いちゃ、やだ、もっと入れて……っ」

もっと深いところまで、もっとナカがいっぱいになるまで。

リトが無意識にロゥの腕を摑んで懇願すると、ロゥが金色の目をギラリと光らせながら笑った。

「ああ、わかってる。……今、挿れるからな」

己の衝動を抑え込んでいるような掠れた声。

リトが泣きじゃくるような声をあげながら何度も肯くと、ナカでゆっくりと円を描くような動きをしながらロゥの指が抜け出ていく。

「っあ、ロゥ……ロゥ、っ」

抜かないでって、お願いしたのに。

下腹部が切なくなって自分から腰をすり寄せると、ロゥがそれを宥めるように首筋へ唇を埋めながら、リトの腰を抱え上げた。

「ぁ、っ――……」

背後に、熱い昂《たかぶ》りを押し付けられる。

濡れそぼった尖りがひとりでにひくひくと動きながら、リトの収縮する蕾《つぼみ》を押し開こうとしている。

それだけで、ロゥもずっと我慢していたのだと伝わってきた。

「リト、息を吐いて――」

子供をあやすような声音で優しく言いながらも乱暴な手つきでリトの体を掻き抱いたロゥが、ゆっくり腰を進めてくる。

「ぁ――……っ！　あ、入っ……ロゥ、……っあ、あっ……あ――……っ」

息ができないくらい強く抱きしめられて、身をよじることも、逃げを打つこともできないままロゥのものがゆっくりと挿入《はい》ってくる。

リトはロゥの腕の中で背筋を痙攣させながらか細い嬌声をあげることしかできない。有無を言わさぬ力で押し広げられていく。ロゥに、支配されていく。

「……っ痛く、ないか」

窮屈なリトの中で暴れ出しそうな自身を抑え込んだロゥが苦しげな表情でリトを覗き込む。

痛いかどうかなんて、もうわからない。頭の中がチカチカと瞬いて、理性がどこかに飛んでいってしまいそうで。

リトは尋ねられていることもよくわからないまま何度も小さく肯いて、ロゥの腰をぎゅっと足で挟み込んだ。もっと深く密着できるように。

「まったく、お前は……どうなっても、知らないからな」

ふ、と息を吐いたロゥが詰めていた息を吐き出しただけなのか笑ったのか、快楽のせいで弛緩《しかん》したのかはわからない。

次の瞬間ぐっと腰を突き上げられて、なにもわからなくなってしまった。

「あ、あ……っ！　ロ、っ……すご、ぁ、あ……っ！」

ただでさえ大きなものでお腹の奥深くを抉られると、リトは両足を宙に投げ出すような格好になって、いつしか再び勃ち上がっていたものの先端からよだれのような体液があふれてくる。

「これくらいで音を上げるなよ。……おおかみの交尾は激しいんだ」

不敵な笑みにも見える表情を浮かべたロゥが、たった今、深々と突き挿《さ》したばかりの腰を大きく引いた。

かと思うと、間を置かずにさっきよりも強く打ち付けてくる。

互いの腰がぶつかり合う音が響くと、リトは耳の毛を逆立てながら大きく口を開いた。

「——……っ！　んぁあ、あっ……あ、あ……っ」

目を瞠って、嬌声すらあげることもできないくらい痙攣したリトを拘束するロゥの腕がさらに強くなる。そのまま欲望のままに乱暴に貪るような抽送《ちゅうそう》を始めて、ロゥは喉の奥から唸り声を漏らした。

もうリトにはどうすることもできなくて、ロゥに捕食されているような倒錯的な快楽を覚え始めていた。

ロゥの濡れた尖りが、ずっと燻《くすぶ》るように熱かったリトの体の芯を内側から舐り、抉り、捏ね上げていく。

充血したナカでロゥのオスの本能が蜜を吐き出し、抽送するたびにあられもない水音が響いていた。

リトのものも、ロゥの突き上げに呼応するようにびくびくと震えながら滴りを零す。

「んぁ、あっ、ろ……ロゥ、っ好き……好き、っロゥ、大好き……ぃっ」

ロゥのもので自分のナカがいっぱいになっていることがたまらなく嬉しくて、胸が苦しい。

気持ちよさ以上に幸福感で壊れてしまいそうだ。

お腹のナカでびくびくと暴れるオスに何度も貫かれるたびに、好きな気持ちが増していく。

「っ……ああ、俺もだ」

快楽を堪えるような苦しげな声を吐き出したロゥが、リトの体を抱き直す。

ロゥが上体を起こして、膝の上にリトの腰を引き寄せた。ロゥのそそり立ったものの上にリトが寝そべるような格好になると挿入がさらに深くなる。

「っぃ、あ……っふか、ロゥ……っすご——……こんな、ダメ……っ待って、もう」

すぐにロゥは下から跳ねるように腰を突き上げ始めた。リトはシーツを握りしめて上体をくねらせ、自分の垂れ耳を口に含んだ。

体の奥の、深い深いところがロゥに突き上げられて淫らなぬかるみのようになっている。

なんの譬《たと》えでもなく、そこから同化して一つになってしまうような気がするくらいに熱くて、蕩けそうだ。

「リト。……少し、乱暴にするぞ」

逞しい体を汗ばませて息を弾ませたロゥはもう限界が近いのかもしれない。

リトにとって交尾は初めてのことだからわからないけれど、同じオスとしてなんとなく感じる。自分のナカに突き挿れられたものがどくどくと脈打って、今にも爆発してしまいそうなのを。

「あ、んぅ……っロゥ、の好きにしていい、から——」

口寂しくて自分の耳を咥《くわ》えていると、それをロゥに優しく退かされて代わりに唇が近付いてくる。

首を反らしてロゥと唇を結んでも、断続的に下肢を突き上げられるとどうしても口付けが解けてし

まう。そのたびにお互い口付け直しては律動とともに離れ離れになって、繰り返すたびに口元を唾液まみれにしながら溺れるような嬌声をあげるようになっていた。

「んぁ——……ん、っぅ……ぁ、はっ……ロゥ、ろ……っロゥ、もっと……もっと、」

ロゥがリトの頬を捕まえてくれていたらいいのだけれど、ロゥの大きな掌はリトの腰を指が食い込むほど強く摑んだままだ。

しかも激しい抽送に加えてナカを掻き混ぜるような動きを加えられると、リトは喉を引き攣らせて自分でもなにを口走っているのかわからないまま夢中になってロゥの動きに合わせて腰を揺らした。

淫らな衝動に身を任せて、そのことしか考えられなくなる。

ロゥと一つになることしか考えられない。

「ロ……っんぅ、ん——……んぁ、あ……っんむ、んぁ、あっ……ぁあ……っ」

ロゥの動きが激しく、熱っぽさを増してきた。

唇がよじれて離れてまたつながって、両腿を抱え上げられながら体を小刻みに弾ませて、二人でのぼり詰めていく。

達する時はロゥと密着していたくてリトが無意識に腕を擡《もた》げた時、腰を摑んでいた手が緩んで肌を滑った。

「あ、っ……!?」

反射的に、体が強張った。

背後に回されたロゥの手に、短い尻尾を摑まれて。

「ぁ、っあ……待って、ロゥ……そこ、やぁ……っ！　待っ、だめ……！」

なんだかわからないけれど背筋を新たな感覚がゾクゾクと這い上がってきて、逃れようとして身をよじればよじるほどナカのロゥが質量を増していく。

「ぁ、や……っだめだめ、っロゥ……！　いっちゃ、また出ちゃう……っから、しっぽはだめ、あ、っあ……！」

リトが懇願するほど、ロゥの尻尾を握る手がやわやわと動き、あるいは激しい抽送に合わせて扱くように――そしてぎゅうっと握りしめられて、リトはベッドから背を浮かせて身を反らすとがくがくと痙攣した。

「やぁ、っ……ああ、あ、あ――……っ出ちゃ、ああっ……！」

どぷっとまたお腹の上に熱い滴りがあふれ出た。ロゥのもので内側から突き上げられたお腹に自身の吐き出した蜜を浴びると倒錯的な気分になって意識が飛んでしまいそうになる。魔法を使った直後のように。

「――っ……俺も出すぞ、リト」

牙をむき出しにしたロゥが低く唸った。

一方の手で腰を押さえ、もう一方できつく尻尾を握ったロゥが欲望をあらわにしてリトのナカに深々と楔《くさび》を打ち込む。

「ぁ、あ……っあ――……あ、あ……っ！」

互いの熱でどろどろに蕩けた最奥《さいおう》に、もっと熱くて愛しい体液が勢いよく浴びせかけられると――

リトもお腹の上の自身をひとりでにびくびくと震わせながら白濁したものを吐き出して、達した。

　寝具の上掛けが決してずり落ちないように注意深く何度も直しながら、ロゥが腕の中のリトを気遣う。

「体はつらくないか？」

　ここは肌寒い森の中じゃないし、城の中よりずっと静かな城下の外れの一軒家だ。風も吹かなければ、他に邪魔者もいない。

　いくら一人用のベッドだといってもリトはロゥにぴたりとくっついたまま離れないし、ロゥもリトをきつく抱きしめたままなのだから、寝具が乱れてしまうことはないと思うのだけれど。

「大丈夫です。……ふふ、ロゥは心配性ですね」

　リトがロゥの胸に顔を埋めて小さく笑うと、顔は見えないのにロゥが少しだけ拗ねたような表情をしている気がした。

　ロゥがそんなあどけない表情を見せる相手がリトだけだったらいいのに、と思うけれど、きっとこれからロゥがクローヴァ王国で認められていくにしたがってたくさんの人に知られていってしまうのだろう。

　でも、さっきほどまでは胸が塞ぐような気持ちにならない。

リトを苦しめていた原因不明の症状の原因が恋だとわかって、苦しくなったらロゥに好きだと告げたら治るのだってわかったから。

もしそれでも足りなければ口付ければいいし、それでも足りなければ――

「リト？」

そろりと視線を上げてロゥを仰ぐと、さっきまでの獰猛なオスの姿はどこへやら、どことなく眠たげな優しいおおかみがいるだけだ。

あの後、お互い気を失うようにベッドに沈んでひと眠りしたっていうのに、まだ全身にけだるさが残っている。

窓の外ではきっともう月も高くなっている時間だろう。お互い明日も執務があるからそうそう夜更かしもしていられない。ロゥにとっては明日は再出発の日にもなるのだし。

明日、ロゥはきっと鎧を着けないで騎士団の鍛錬に顔を出すことになる。それが認められたのだから鎧を着けるわけにもいかないだろう。

でも。

「――……ロゥ。あ、あの……明日は襟の高い服を着てお出かけください」

リトが見上げたロゥの首筋には、いつの間につけたのかもわからない、リトの噛み痕《あと》がついている。

ロゥの首筋に触れたリトが腕の中で体温を上昇させたのがロゥにも伝わったのだろう。

一度目を瞬かせたロゥが首筋の手を重ねてから、その手でリトの首に触れた。

「……それは、お互い様だ」

「！」

慌てて下を向いても、自分の首筋なんて見られるはずもない。

体がますます熱くなって、汗ばんでくる。

「首だけじゃないぞ。肩と……胸と、それから腰にも――」

ロゥの痕がついた場所へ掌を滑らされると、ついさっきまでの淫らな情事がまざまざと思い出されてリトは身をよじった。

「ゃ、っ……ロゥ、ゃぁ……っだ、だめ」

胸につけられた痕を指先で突かれると意思に関係なく突起が勃ち上がってしまうし、腰なんて撫でられたらまた息が上がってしまいそうだ。

自分の体を隠そうとしてきつく抱きついて身じろぐと、ロゥの足が絡みついてくる。

「そんな声で言ったら逆効果だろう。……まったくお前は、もう少し自覚を持ってくれ」

「自覚？」

「俺をたぶらかしている、という」

ロゥの首元から顔を上げると、その視線さえも掌で遮られてしまってリトは唇を尖らせた。

「たぶらかしてません！」

視界を覆う手を摑んで、そのままの勢いでロゥの頬に鼻先を押し付ける。ロゥがそのくすぐったさに声をあげて笑うと、また胸がきゅーっと苦しくなった。

鼻先を寄せた頬に嚙みつくように口付ける。それでもまだ好きの発作は治まらないけれど。

ロゥがリトの体を引き寄せて胸に抱き上げると、鼻先を擦るように撫でられる。

「悪い、訂正する。……俺に愛されているという自覚を持ってくれ」

情事の熱がまだ残った寝具に二人でくるまって体を重ねたまま、そんな優しい顔でそんなことを言われたら。

とても、言い返せるはずがない。

熱くなった顔を伏せて溶けてしまうことしかできない。

ロゥの上に半身を預けたままノックダウンされてしまったリトの髪を、大きな掌がゆっくりと撫でる。その指先がだらんと垂れ下がった耳に触れた。

「――あのレガリアは……本当に願いを叶えてくれる魔法がかけられていたのかもしれません」

「ん？」

古代うさぎの遺してくれたレガリアは、今は王国研究所で保管されているらしい。

魔法についてなにか知ることができるかもしれないということで、その研究にはリトにも協力が要請されている。それを拒むつもりは毛頭ない。

でも、今までそんな態力があると知らなかったリトが力になれる自信もなかった。

きっとこの力は、大切なものを守るためにしか使えない。

それと同じで、レガリアにかけられた魔法もそれ自体で発動するものではないのじゃないだろうか。

「魔法の剣は、私の願いを叶えてくれましたから」

逞しい胸に頬を寄せると、心地よい鼓動が伝わってくる。ロゥはしばらく怪訝そうにしていたけれど、やがてリトが眠ってしまったのかと諦めたように肩を優しく抱き直して、上掛けをもう一度直すと深く息をついた。

このあたたかな時間がこの先ずっと、続きますように。

リトは自分の体に残された不思議な力に祈りながら、そっと瞼を伏せた。

あとがき

こんにちは、茜花《さいか》ららです。

このたびは「おおかみ騎士《きし》とたれみみ従者《じゅうしゃ》〜うさぎの国《くに》の幸《しあわ》せ魔法《まほう》〜」をお手に取っていただき、ありがとうございます！　タイトルが長い！　笑。

タイトルをつけるのが毎回非常に苦手で、そりゃもう毎回半べそかいてるんですけど……今回も担当M様にめちゃくちゃワガママを言いまくって、ああでもないこうでもない、ここは平仮名がいい！　などと謎のこだわりを発揮しながら考えました。他の諸先生方のタイトルセンスってどうなってるんでしょうか……頭の作りからしてもう全然違いそう。


今回はけもみみのお話でした！　以前もネコミミ、犬神など書かせていただきましたが、もふもふした攻めっていいですよね！

って書いていて気付いたんですが、もしかしたら世間様では受けに猫耳をつけたがったりするのかもしれないんですが、そういえば私、受けにけもみみつけたことないです……ね……？　性癖かもしれない……。

そもそも私が「強い受け」が好きで、可愛く庇護されてるだけの受けを書くことがあんまりない、というのも原因かもしれません。

今回のリトも「私が全員守ってやる！」みたいなところありますからね。笑。


もう一つ性癖の話をすると（あ、この「好物のことを性癖と呼ぶ」ってめちゃくちゃ広まっている誤用なんですが、すみません）私は自分が本を読む場合でも、自分がお話を書く時でさえ「脇役キャラに萌えがち」ってのがありまして……。今回はシュリーチカ王子とアンテ兄様がお気に入りです。

キャラクター設定表の時点で物語の冒頭と最後しか出てこないはずのこの主従についてめちゃくちゃ細かく設定をつけてしまうという……。

リトにとってクレイデルがすべてであったように、アンテ兄様にとってもシュリーチカがこの世のすべてで、シュリーチカ王子を王位に即かせるためならどんなことでもする、みたいなところがあって、みたいな設定があります。笑。

アネモネ兄様についても一回も出てこなかったのが非常に心残りですね。病弱イケメンも好物です……アネモネ兄様は器のデカい、いい男です。私の中では攻めなんですが、ちょっと病弱すぎて色事とかに踏み切れなさそうですよね。


今回、カゼキショウ先生に挿絵をつけていただいたんですが、担当様からラフをいただいた時に「ギャーッ!?」てリアルに声をあげてしまって、ありえんくらい長々としたメールを担当様に送ってしまいました……担当様、その節はすみませんでした。

本作は「おとぎ話」をコンセプトに書いていたんですが、カゼキ先生に頂戴した挿絵がま！　さ！　に！　絵本！！！！！！　って感じで、もう、最の高……天を仰ぎました。

あまりに良すぎて一日中ラフを眺めていられる……。額に入れて飾りたい……。はー、最高。本当に素敵な挿絵をつけていただきありがとうございました。

今回も、なかなか着電に気付かないことに定評のある私に付き合ってくださいました担当M様、ありがとうございました。機種変して出直します……。

そして、この本をたまたま手に取って読んでくださった方、いつも読んでくださっている方、感想をくださる方やツイッターで反応をくださる方など、私を認識してくださっているすべての方に、本当に本当にありがとうございます！　これからも何卒よろしくお願いいたします。次の本でもお会いできましたら幸いです！

２０２０年　６月　茜花らら

拾われヤクザ、執事はじめました《ひろわれやくざ、しつじはじめました》

茜花らら

イラスト：乃一ミクロ

本体価格 870 円+税

失業中のヤクザが執事に転職…!?

宿無しヤクザの三宗は跡目に裏切られ組を離れることに。そんな時、香ノ木葵という美麗な男性に拾われる。なんと香ノ木家は日本を代表する名家のひとつで、葵は実業家の若当主だった。三宗は用心棒として雇ってくれるよう頼むが、なぜか執事として採用される。三宗に与えられたのは大富豪の使用人を束ねるトップの座。そんな慣れない仕事に悪戦苦闘する三宗だが、不器用ながらも執事としての風格を備えていく。その矢先、葵に「執事の君は一生僕に尽くして僕だけのものでいなければいけない」と迫られて…？

リンクスロマンス大好評発売中

溺愛君主と身代わり皇子2《できあいくんしゅとみがわりおうじ》

茜花らら

イラスト：古澤エノ

本体価格870円+税

高校生で可愛らしい容貌の天海七星は、突然アルクトス公国という国へトリップしてしまう。そこは、トカゲのような見た目の人や、猫のような耳がある人、モフモフした毛並みを持つ犬のような人などが人間と共存している世界だった。当初、七星はラナイズ王子の行方不明になっていた弟・ルルスと間違えられ王子に溺愛されるが、紆余曲折がありながらも結ばれることとなった。婚儀の日が迫るなか、魔法の勉強をしたり、反逆の罪で囚われたルルスの心の殻を取り除こうとしたりする七星だったが、突然ラナイズの不在中に宮殿が何者に襲撃されて…!?

LYNX ROMANCE

小説原稿募集

リンクスロマンスではオリジナル作品の原稿を随時募集いたします。

募集作品

リンクスロマンスの読者を対象にした商業誌未発表のオリジナル作品。
（商業誌未発表のオリジナル作品であれば、同人誌・サイト発表作も受付可）

募集要項

＜応募資格＞

年齢・性別・プロ・アマ問いません。

＜原稿枚数＞

４５文字×１７行（１枚）の縦書き原稿、２００枚以上２４０枚以内。
※印刷形式は自由。ただしＡ４用紙を使用のこと。
※手書き、感熱紙不可。
※原稿には必ずノンブル（通し番号）を入れてください。

＜応募上の注意＞

◆原稿の１枚目には、作品のタイトル、ペンネーム、住所、氏名、年齢、電話番号、メールアドレス、投稿（掲載）歴を添付してください。
◆２枚目には、作品のあらすじ（４００字～８００字程度）を添付してください。
◆未完の作品（続きものなど）、他誌との二重投稿作品は受付不可です。
◆原稿は返却いたしませんので、必要な方はコピー等の控えをお取りください。
◆１作品につき、ひとつの封筒でご応募ください。

＜採用のお知らせ＞

◆採用の場合のみ、原稿到着後６カ月以内に編集部よりご連絡いたします。
◆優れた作品は、リンクスロマンスより発行させていただきます。
原稿料は、当社既定の印税でのお支払いになります。
◆選考に関するお電話やメールでのお問い合わせはご遠慮ください。

宛先

〒151-0051
東京都渋谷区千駄ヶ谷４−９−７
株式会社　幻冬舎コミックス
「リンクスロマンス　小説原稿募集」係

この本を読んでのご意見・ご感想をお寄せ下さい。

〒151-0051
東京都渋谷区千駄ヶ谷4-9-7
(株)幻冬舎コミックス　リンクス編集部
「茜花《さいか》らら先生」係／「カザキショウ先生」係

リンクス ロマンス

おおかみ騎士とたれみみ従者~うさぎの国の幸せ魔法~

2020年6月30日　第1刷発行

著者……………茜花《さいか》らら
発行人…………石原正康
発行元…………株式会社　幻冬舎コミックス
〒151-0051　東京都渋谷区千駄ヶ谷4-9-7
TEL 03-5411-6431（編集）
発売元…………株式会社　幻冬舎
〒151-0051　東京都渋谷区千駄ヶ谷4-9-7
TEL 03-5411-6222（営業）
振替00120-8-767643
印刷・製本所…株式会社　光邦
検印廃止

ISBN978-4-344-84673-9 C0293
Printed in Japan

幻冬舎コミックスホームページ　https://www.gentosha-comics.net